지혜의 눈뜨면
행복이 열리거늘

고승열전 **7** 보덕스님

지혜의 눈뜨면
행복이 열리거늘

윤청광 지음

우리출판사

윤 청 광

전남 영암 출생으로 동국대학교에서 영문학을 전공했고, MBC-TV 개국기념작품 공모에 소설 〈末島〉가 당선되었으며, MBC에서 〈오발탄〉〈신문고〉〈세계 속의 한국인〉 등을 집필했다. 그 동안 대한출판문화협회 상무이사·부회장·저작권대책위원장·한국방송작가협회 이사·감사·방송위원회 심의위원을 역임했고, 〈불교신문〉 논설위원을 거쳐 현재 〈법보신문〉 논설위원, 법정스님이 제창한 〈맑고 향기롭게 살아가기 운동〉 본부장, 출판연구소 이사장을 맡아 활동하고 있다. BBS 불교방송을 통해 〈고승열전〉을 장기간 집필했고, ≪불교를 알면 평생이 즐겁다≫ ≪불경과 성경 왜 이렇게 같을까≫ ≪회색 고무신≫ 등의 저서가 있으며, 기업체·단체 연수회에 초빙되어 특강을 통해 '더불어 사는 세상'을 가꾸고 있다.

BBS 인기방송프로
고승열전 [7] 보덕스님
지혜의 눈뜨면 행복이 열리거늘

2002년 10월 23일 개정판 1쇄 발행
2022년 6월 23일 개정판 2쇄 발행

지은이/윤청광
펴낸이/김동금
펴낸곳/우리출판사
등록/1988년 1월 21일 제9-139호
주소/03746 서울특별시 서대문구 경기대로9길 62
전화/(02)313-5047, 5056
팩스/(02)393-9696
E-mail/wooribooks@hanmail.net
www.wooribooks.com

ISBN 89-7561-178-7 03810

책값은 뒷표지에 있습니다.

· 지은이와 협의하여 인지를 붙이지 않습니다.
· 잘못된 책은 본사나 구입하신 서점에서 바꾸어 드립니다.

"마음 먹기에 따라서 쉽기도 하고, 이럽기도 한 것이 바로 공덕을 베푸는 일입니다. 배고픈 사람에게 음식을 먹이는 것이 급식공덕이요, 헐벗은 사람에게 옷을 입혀주는 것이 의복공덕이요, 목마른 사람에게 물을 먹이는 것이 급수공덕이요, 병든 사람에게 약을 주는 것이 보약공덕이니, 이런 일을 하는 사람에게 어찌 복이 없겠습니까?

부처님은 전생에 배고픈 짐승에게 육신을 내주고 그 공덕으로 이 세상에 태어났다 하셨으니 여러분은 마땅히 아셔야 합니다. 덕을 베푸는 것이 모든 수행의 근본입니다."

차례

1
법당에 쓰러져 있는 아이 / 11

2
무명 한 필과 퉁소 하나 / 25

3
지옥가시게 되었으니 어쩌면 좋습니까 / 53

4
열반경을 강설하다 / 71

5
영탑사를 세우다 / 109

6
지혜로운 눈으로 세상을 보아라 / 123

7
도교를 막으러 왕궁으로 / 135

8
머리를 깎았다고 다 승려가 아니니라 / 157

9
지극한 불심과 정성을 기울여라 / 175

10
사람으로 다시 태어나고 싶거든 / 193

11
자비가 가장 으뜸이니라 / 203

12
평양성에 내린 적설 / 217

13
사랑도 망상이요, 미움도 망상이라 / 233

14
삼독을 끊어라 / 251

15
영탑사의 부처님을 모셔오다 / 263

16
완산주 고대산에 경복사를 세우다 / 275

1
법당에 쓰러져 있는 아이

 때는 지금으로부터 1359년 전인 서기 640년, 그러니까 고구려 제 27대 영류왕 시절.
 그 해 겨울에는 북풍한설이 유난히도 몰아쳐서 한 길 가까운 눈이 온 산천을 뒤덮고 있었다.
 매서운 겨울 바람 소리가 유난히도 크게 들리던 그 해 겨울 섣달 열이렛날 새벽의 일이었다.
 승려 하나가 법당을 돌아서 급하게 뛰어가는 것이었다.
 그리고는 큰 소리로 보덕스님을 불러댔다.
 "스님, 스님, 어서 좀 나와 보셔야겠습니다요. 스님임-."
 급히 불러대는 승려의 소리에 보덕스님이 방문을 열고 눈살을 찌푸리며 물었다.
 "대체 무슨 일로 새벽부터 이리 호들갑이더냐?"

승려가 호흡을 가다듬으며 대답했다.

"글쎄말입니다요, 법당에 이상한 일이 일어났습니다요, 스님."

보덕스님이 눈을 커다랗게 뜨며 물었다.

"법당에 이상한 일이라니?"

"예. 저, 생전 보지도 듣지도 못한 아이가 법당 안에 쓰러져 있사옵니다요."

보덕스님이 놀라서 벌떡 윗몸을 일으키며 말했다.

"무엇이라고? 생판 모르는 아이가 법당 안에 쓰러져 있다는 말이더냐?"

"예, 스님."

보덕스님이 서둘러 말했다.

"뭘 꾸물거리고 있느냐? 어서 법당으로 올라가 보자."

"예, 스님."

보덕스님이 제자와 함께 급히 법당으로 올라가 보니, 과연 법당 안에 웬 아이가 죽은 듯이 쓰러져 있는 것이었다.

보덕스님이 합장을 하며 제자에게 말했다.

"간밤에 얼어 죽지나 않았는지 어서 살펴 보아라."

"예, 스님."

제자가 대답만 하고는 어찌할 바를 모르고 있자 보덕스님이 다시 말했다.

"옷섶을 헤치고 가슴팍에 귀를 갖다 대어 보아라."
제자가 얼른 아이의 옷을 헤치고는 귀를 바싹 대었다.
"스님, 아직 죽지는 아니했습니다요."
제자의 말에 보덕스님이 급히 말했다.
"그럼 어서 이 아이를 내 방으로 옮기고 더운 물을 가져오도록 해라."
"예, 스님."
살을 에이는 듯한 강추위 속에서 하마터면 얼어죽을 뻔 했던 아이는 이렇게 해서 가까스로 목숨을 건지게 되었다.
보덕스님은 대체 이 아이가 어떻게 해서 법당에 쓰러져 있게 되었는지 몹시 궁금하였다.
보덕스님은 아이를 따뜻한 아랫목에 눕히게 하고 더운 물을 먹인 뒤에 팔과 다리를 정성껏 주물러 주었다.
잠시후 아이가 몸을 움직이며 신음 소리를 내기 시작하였다.
"으음- 으음-."
"허허, 너 이제 정신이 좀 드는 모양이구나. 내 얼굴이 보이느냐?"
아이가 힘없이 대답했다.
"…… 예."
"허면 내가 누구인지 알아보겠느냐?"

"…… 잘 모르겠습니다."

보덕스님이 빙그레 웃었다.

"그래, 그래. 처음 본 내가 누구인지 알 리가 없겠지."

잠시 방 안을 둘러보던 아이가 보덕스님을 쳐다보며 물었다.

"저…… 그런데…… 우리 어머니는 어디 계십니까요?"

난데없는 아이의 질문에 보덕스님의 눈이 휘둥그레졌다.

"무엇이라고? 어머니라니?"

아이가 또렷하게 대답했다.

"예, 우리 어머니 말씀이예요."

보덕스님은 아이를 찬찬히 들여다보며 다시 물었다.

"아니 그럼, 너 혼자 이 절 법당에 들어간 게 아니고 어머니와 함께 왔더란 말이냐?"

"예."

"허허, 이건 또 무슨 소리던고? 법당에는 분명히 너 혼자 쓰러져 있었거늘 어머니가 있었다니?"

"부처님께 밤새도록 불공을 드려야 어머니와 내가 목숨을 구할 수 있을 것이라 하여 끝도 한도 없이 부처님께 절을 올리고 있었습니다."

"허허, 분명 그랬었더란 말이지?"

보덕스님은 밖을 향해서 큰 소리로 불렀다.

"이것 보아라, 밖에 누구 있느냐?"

제자가 급히 뛰어왔다.

"예, 스님. 명덕이옵니다. 분부내리십시오."

보덕스님이 제자에게 말했다.

"이 아이의 말을 들어보니, 간밤에 이 아이가 어머니와 함께 법당에 들어가서 불공을 드렸다고 하는구나. 그러니 이 아이의 어머니가 어디 계신지 자세히 한 번 찾아보도록 하여라."

"예, 스님. 분부대로 하겠습니다."

그러나 함께 왔었다는 아이의 어머니는 법당에서도 요사체에서도 그 종적을 찾을 길이 없었다.

"아니 그래 이 아이의 어머니가 이 반룡사 안에 없더란 말이더냐?"

제자가 머리를 긁적이며 말했다.

"아무리 찾아보았지만 그 흔적조차 찾을 길이 없사옵니다. 혹시 이 아이가……"

"이 아이가 어떻다는 말이던고?"

"예, 이 아이가 아직 제 정신이 덜 들어서 헛소리를 하고 있는 것은 아닐런지요, 스님?"

그러자 누워있던 아이가 윗몸을 일으키며 또박또박 말했다.

"아, 아닙니다요. 제가 무슨 까닭으로 스님들께 거짓말을 해

올리겠습니까요?"

보덕스님이 아이를 물끄러미 쳐다보며 말했다.

"허면 너는 분명히 어머니와 함께 우리 절에 왔었더라 그런 말이렷다?"

아이가 눈을 커다랗게 뜨고는 스님을 쳐다보았다.

"예, 정말입니다요 스님."

보덕스님이 고개를 끄덕이며 말했다.

"허면 내가 몇가지 묻겠으니 바른대로 대답하겠느냐?"

"예, 스님."

"허면 대체 너는 어느 마을에서 살던 아이던고?"

보덕스님의 물음에 아이는 갑자기 고개를 푹 숙이고는 얼른 대답하지 못하는 것이었다.

"그건 저……"

"어서 말해 보아라. 어느 마을이더냐?"

잠시 고개를 숙이고 있던 아이가 고개를 쳐들며 보덕스님을 똑바로 쳐다보았다.

"그건 말씀드릴 수가 없사옵니다, 스님."

옆에 있던 제자가 머리라도 쥐어박을 듯이 말했다.

"아니 이런 버르장머리 없는 녀석을 보았나? 야, 인석아!"

보덕스님이 말렸다.

"허허, 넌 좀 가만 있거라. 그래, 무슨 까닭으로 네가 살던 마을을 말할 수 없다는 게냐?"

아이가 또박또박 말했다.

"고향이 탄로나고 성씨가 탄로나고 이름이 탄로나면 목숨을 보전하기가 어려울 것이니 결코 말해서는 안된다고 어머니가 이르셨습니다요."

"아, 아니 그렇다면?"

보덕스님은 그 아이에게 더 이상 아무것도 묻지 않았다.

고향이 탄로나고, 성씨가 탄로나고, 이름이 탄로나면 목숨을 살리기 어려운 처지라니, 보덕스님은 그 아이의 형편을 이미 다 헤아렸던 것이다.

잠시 후, 보덕스님이 아이를 불렀다.

"이것 보아라."

"예, 스님."

"보아하니 네 어머님께서는 너를 이 절에다 맡겨 놓으시고 고향으로 돌아가신 모양이구나."

그러자 아이가 고개를 저었다.

"아, 아니옵니다요 스님. 우리 어머니는 결코 고향에는 가지 않으셨을 것입니다요."

"그래도 세상 형편이 어찌 돌아가는지 그것을 염탐해 보려고 가신 게 아니겠느냐?"

아이가 완강하게 고개를 저으며 말했다.

"아닙니다요. 그럴 리가 없습니다요. 우리 아버지와 형님들도 다 잡혀가서 죽임을 당하고, 큰집과 작은집 식구들마저 다 잡혀갔는데 감히 어찌 고향으로 갈 수 있겠습니까?"

보덕스님이 얼굴을 찌푸리며 말했다.

"허허, 허면 너희 집안이 멸문지화를 크게 당한 모양이로구나."

아이의 얼굴이 어두워졌다.

"외갓집에 다녀오던 어머니와 저만 도중에 소식을 듣고 도망쳐 나왔습니다요."

"허허 저런 쯧쯧쯧! 어쩌다가 그래 그런 화를 당하게 되었더란 말인고……"

"어머니 말씀으로는 큰댁 어르신께서 역적 모의를 했다는 모함에 걸려 우리 일가가 모두 화를 당하는 것이라고 하셨습니다요."

"…… 원 저런, 나무관세음보살……"

"저 그만 나가보겠습니다요, 스님."

아이가 갑자기 자리에서 벌떡 일어서며 말했다.

보덕스님이 눈을 커다랗게 뜨고 물었다.

"아니 인석아, 아 이 눈 속에 어딜 나가겠다는 게야 그래?"
"우리 어머니를 찾아야 합니다요, 스님."
"허허, 글쎄 밖엔 지금 한 길이나 되는 눈이 쌓여 있는데 어디 가서 어머니를 찾겠다는 게야? 자, 자, 너 그러지 말고 내가 시키는대로 해야 한다."
보덕스님이 아무리 만류를 해도 아이는 막무가내였다.
"아, 아닙니다요. 전 우리 어머니를 꼭 찾아야 합니다요."
보덕스님이 조용히 타일렀다.
"그, 글쎄 어머니는 꼭 찾아야 하겠지. 헌데 말이다, 어머니를 찾는 일에도 지혜가 있어야 하는 법이다."
아이가 눈을 동그랗게 뜨고 보덕스님에게 물었다.
"지혜가…… 뭔데요, 스님?"
"지혜가 무엇이냐고?"
"예, 스님."
"응, 그건 말이다. 어머니를 찾겠다는 그 생각만 할 게 아니라 과연 어떻게 해야 어머니를 찾을 수 있겠는가, 바로 그것을 차근차근 잘 생각해보란 말이다."
"그럼, 어찌하면 우리 어머니를 찾을 수 있겠습니까요, 스님?"
보덕스님은 아이를 달래서 앉히며 말했다.

"그, 그러니까 차근차근 잘 생각을 해보잔 말이다. 넌 지금 네 어머니가 어디에 계신지 그걸 알고 있는 게냐?"

아이가 힘없이 고개를 저었다.

"모릅니다요, 스님."

"그것 봐라. 너는 어머니가 어디 계신지도 모르고 덮어놓고 찾겠다고만 길을 나서려드니 그래서야 어찌 어머니를 찾을 수 있겠느냐?"

"그러면 스님, 절더러 어머니를 찾을 생각도 하지 말고 이 절에 꼼짝말고 있으라구요?"

"잘 생각해 보아라. 너는 어머니가 어디 계신지 모르고 있지만, 네 어머니께서는 네가 바로 이 절 안에 있다는 것을 알고 계신다. 그렇지?"

아이가 고개를 끄덕이며 대답했다.

"그, 그야 알고 계시겠지요."

"그러니까 네 어머니께서 볼일을 보시고 널 찾으러 이 절로 오실 게 뻔한 이치인데, 그 사이를 참지 못하고 네가 이 절에서 나가버리면 서로 길이 어긋나서 자칫하면 영영 찾지 못하게 될 것이야."

보덕스님의 말에 고개를 끄덕이는 아이의 얼굴빛이 환해졌다.

"어어, 정말 그러고 보니 그렇겠네요, 스님."

보덕스님이 빙그레 웃으며 말했다.

"그것 봐라. 그러니까 사람은 무슨 일이든 지혜가 있어야 되는 게야."

갑자기 아이가 보덕스님을 존경스런 눈으로 쳐다보며 말했다.

"아이구, 그러고보니 스님은 지혜가 굉장히 많으시네요. 그런데 스님?"

"왜 그러느냐?"

"그 지혜라고 하는 거 말예요, 어떻게 하면 저도 가질 수 있습니까?"

"허허허, 그거야 공부를 많이 하고 생각을 차근차근 가다듬으면 누구나 다 지닐 수 있게 되는 게야."

보덕스님은 얼굴에 미소를 띠고는 염불소리가 울려오는 법당 쪽을 가리키며 말을 이었다.

"저 소리를 들어 보아라. 저렇게 지성으로 염불수행을 하고 공부를 열심히 하면 지혜가 새록새록 늘어나는 법이다."

"그, 그러면 스님. 저도 우리 어머니 오실 때까지 염불 공부 좀 배우게 해 주십시오."

보덕스님이 웃으며 말했다.

"어 그래, 그것 참 좋은 생각을 했구나 응? 허허허."

그런데 바로 그 다음날 저녁 무렵의 일이다.
제자가 보덕스님을 부르며 급히 뛰어왔다.
"스님, 스님!"
"그래, 무슨 일이더냐?"
방 안으로 들어온 제자가 아이가 없는 것을 확인하고는 낮은 목소리로 보덕스님에게 물었다.
"그 아이는 어디 나갔습까요, 스님?"
"염불 공부 하겠다고 사미방에 간 모양이구나. 그런데 왜 그러느냐?"
"스님, 아무래도 저 아이 어머니께서 세상을 떠나신 것 같습니다요."
보덕스님이 그 소리에 깜짝놀라며 물었다.
"무엇이? 아니, 저 아이의 어머니가 세상을 뜬 것 같다니?"
제자는 아이가 들을까봐 소근소근 나직하게 말하는 것이었다.
"마을에서 사람이 올라왔는데요, 웬 아낙네가 눈 속에 얼어 죽어있는 것이 발견되어서 내일 아침 장례를 치뤄주기로 했으니, 저보고 내려와 염불을 좀 올려달라는 게 아니겠습니까요,

스님."

"허허, 세상에 이런 변이 있나…… 나무관세음보살……."

웬 아낙네가 눈 속에서 얼어 죽었다는 말을 전해들은 보덕스님은 한동안 말을 잊고 눈을 지그시 감은채 앉아 염주만 소리없이 굴리고 있었다.

잠시 후 보덕스님이 눈을 뜨고는 제자에게 물었다.

"…… 그래, 눈 속에 길을 잃고 얼어 죽었다는 그 아낙네가 바로 저 아이의 어머니 같다는 말이더냐?"

제자가 고개를 끄덕였다.

"예, 마을 사람들이 인근 사오십 리 마을에 기별을 했지만 그 아낙네를 안다는 사람은 아무도 없었다고 하옵니다."

"그렇지만 그 아낙네가 바로 저 아이의 어머니라는 증표도 없는 게 아니겠느냐?"

"증표가 있는 것은 아니옵니다만 그렇다고 요 사나흘 전에 우리 절을 다녀간 사람도 없지 않사옵니까요, 스님?"

보덕스님은 말을 잃고 다시 염주알을 굴리기 시작했다.

"…… 나무관세음보살…… 나무관세음보살…… 어미와 자식이 함께 피신해 있다가는 신분이 탄로날까 두려워, 자식만 안전하게 절에다 두고 자식을 위해 홀로 몸을 숨기려고 절을 떠났다가 그만 눈 속에서 길을 잃고 변을 당했을 터이니 제발 보살님들께서 굽어 살펴주소서…… 나무관세음보살…… 나무관세음보살……."

제자가 조심스럽게 보덕스님을 쳐다보았다.

"…… 하온데, 스님.

"…… 그래…… 무슨…… 말이더냐?"

"내일 아침에 저 아이를 데리고 내려가서 한 번 보라고 그럴까요, 스님?"

그러자 보덕스님은 눈을 커다랗게 뜨고 말했다.

"안될 소리! 저 아이한테는 알리지 아니하는 게 좋을 것이니라."

"예, 스님. 하오면 소승 혼자 다녀오도록 하겠습니다요."

보덕스님이 천천히 고개를 저었다.

"아니다. 너 혼자 내려갈 일이 아니니라."

"하오면 스님……."

"내가 직접 내려가 독경을 해올릴 것이니 그리 알도록 해라."

제자가 스님의 말씀에 고개를 끄덕이며 대답했다.

"예 스님, 그리 알고 준비하도록 하겠습니다."

2
무명 한 필과 퉁소 하나

다음날 아침, 보덕스님은 눈 속에서 길을 잃고 헤메다가 얼어죽은 한 아낙네의 영혼을 천도해 주기 위해서 제자 녕덕과 함께 방문을 나섰다.

세찬 겨울 바람이 얼굴에 차갑게 불어왔다.

보덕스님은 제자를 쳐다보며 물었다.

"경쇠는 제대로 다 챙겼느냐?"

"예, 스님."

"그럼 어서 마을로 내려가자."

"예, 스님."

그렇게 보덕스님과 제자가 서둘러 발길을 옮기려는데 아이가 급히 뛰어 나오며 보덕스님을 불러대는 것이었다.

"아이구, 스님, 스니임-. 어디 가시는 길이시옵니까요?"

보덕스님이 뒤돌아보며 대답했다.

"어 그래. 내 요 아랫마을에 잠깐 볼 일이 있어서 다녀올 것이니 너는 절에서 염불 공부를 열심히 하고 있어야 할 것이야."

그러자 아이가 얼굴을 찡그리며 말했다.

"아이구 저, 스님, 저도 스님을 따라가면 안되겠사옵니까?"

보덕스님이 눈을 동그랗게 뜨고 말했다.

"따라가기는 어디를 따라 간다는 게냐. 너 그랬다가 그 사이에 너의 어머니께서 찾아오시면 어떻게 하려구?"

아이가 스님의 말씀에 고개를 끄덕였다.

"아이구 참 또 그렇겠구먼요. 그럼 편안히 잘들 다녀오십시오, 스님."

"그래, 그래. 그럼 염불 공부나 부지런히 하고 있거라."

"예, 스님. 염려마시고 잘 다녀오십시오."

제자가 아이에게 한 마디했다.

"인석아, 염불 공부를 제대로 하려면 목탁치는 법도 익혀야 되는 게야."

"예, 예. 잘 알아모시겠으니 스님께선 우리 노스님이나 잘 모시고 다녀오십시오."

그러면서 뒤돌아 가려던 아이는 또 뭔가 생각났다는 듯이 다시 뒤돌아서며 소리쳤다.

"아이구 참, 스님."

"왜 그러느냐?"

"마을에 내려가시거든 혹시 우리 어머니 같은 여자가 있는지 잘 살펴봐 주십시오. 예?"

보덕스님이 대답했다.

"그래, 그래…… 내 알아보고 올것이니 어서 들어가기나 하거라."

이렇게 간신히 아이를 달래서 들여보낸 보덕스님은 마을로 내려가는 길에 제자 명덕에게 미리 몇가지를 이르는 것이었다.

"이것 보아라, 명덕아."

"예, 스님."

"훗날을 위해서 미리 일러두는 것이니 빠뜨리는 일이 없도록 해야 할 것이다."

"예, 스님."

"관뚜껑을 닫기 전에 입고 있는 옷가지의 빛깔을 눈여겨 봐두어야 할 것이며……"

"예, 스님."

"들고 있던 보따리라도 행여 있었는지 챙겨야 할 것이요……"

"예, 스님."

"얼굴 생김새가 길쭉한지, 둥글납작한지도 잘 살펴두어야 할 것이며……."

"예, 스님."

"얼굴 어디에 사마귀나 점이라도 있으면 눈여겨 잘 봐두어야 할 것이다."

"예, 스님. 스님의 분부, 결코 한 가지도 빠뜨리지 않겠사옵니다."

그날 제자와 함께 마을로 내려간 보덕스님은 눈 속에서 얼어 죽은 한 아낙네의 영혼 천도를 위해 지극정성을 다 기울여 몸소 독경을 해주었다.

그리고는 절로 올라오는 도중에 제자 명덕에게 묻는 것이었다.

"내가 이른대로 눈여겨 봐둘 것은 다 봐두고, 챙길 것은 제대로 다 챙겼느냐?"

"예, 스님. 그 아낙이 죽을 때 부둥켜 안고 있었다는 보퉁이도 챙겨서 제 바랑에 넣어왔구요, 그 아낙의 오른쪽 입술 밑에 까만 점이 하나 있는 것도 눈여겨서 봐두었습니다요, 스님."

"…… 보퉁이가 하나, 오른쪽 입술 밑에 까만 점이 하나라……."

"예, 스님, 그렇사옵니다."

보덕스님은 제자에게 다시 주의를 주었다.
"하지만 너 말이다, 오늘 일을 결코 입 밖에 내서는 아니될 것이다!"
"예, 스님. 명심하겠습니다."
유난히도 길고 추웠던 그해 겨울이 가고 다음 해 춘삼월이었다.
평안도 용강현 반룡사에도 어느덧 꽃피고 새우는 봄이 찾아왔다.
멀리서 뻐꾸기 우는 소리가 들려왔다.
하루는 아이가 보덕스님의 부름을 받고 방문 앞으로 와 머리를 조아렸다.
"부르셨사옵니까요, 스님?"
"그래, 내가 너를 불렀느니라."
"분부내리십시오, 스님."
보덕스님이 빙그레 웃으며 물었다.
"그래, 그동안 염불 공부는 제대로 했더냐?"
"예. 아직 좀 서툴기는 하옵니다만 요즘은 목탁치는 솜씨도 제법이라 하셨습니다."
보덕스님은 만족한 듯 고개를 끄덕거렸다.
"그래, 그래. 무슨 일이든지 그렇게 일구월심 정성을 들여서

하면 못할 일이 없느니라. 헌데 너 말이다."

"예, 스님."

"고향을 말해서도 아니되고, 성씨를 말해서도 아니되고, 이름을 말해서도 아니된다 했으렷다?"

"예, 스님. 그렇사옵니다."

"그렇다고 해서 늘 이렇게 너를 이 애야, 저 애야 그렇게만 부를 수도 없고, 그래서 하는 얘기다마는……."

"예, 스님."

"어차피 너는 옛 성씨와 이름을 버리고 살아야 할 몸, 그래서 내가 너에게 새로운 성씨와 이름을 지어주고자 하는데 네 생각은 과연 어떠한고?"

아이가 고개를 갸우뚱거리며 보덕스님을 올려다 보았다.

"…… 이름은 모르겠사옵니다만 감히 어찌 성씨까지 바꾸라 하시옵니까요, 스님?"

"허허 그 녀석 참, 어린 아이로만 여겼더니 맵고 당차기가 고초당초보다 더 하네 그려…… 응? 허허허."

아이가 보덕스님을 똑바로 쳐다보며 말을 이었다.

"제가 집에서 살 적에 이름은 새로 지을 수도 있고 바꿀 수도 있다고 들었사옵니다만 성씨만은 자자손손 결코 바꾸지 못한다 하셨사옵니다."

"그래, 그래. 그건 네 말이 맞다. 그렇지만 인석아, 그건 속가의 법이고, 우리 불가의 법도는 성씨도 이름도 다 버리는 게야."

아이가 눈을 휘둥그렇게 뜨며 물었다.

"아니, 하오면 스님께서도 성씨를 바꾸셨단 말씀이시옵니까요?"

보덕스님이 고개를 끄덕였다.

"암, 나도 바꾸었지. 옛날 속가의 성씨를 버리고 석씨로 바꾸었다."

"석씨로요?"

"그래, 석가모니 부처님의 성씨를 따서 석씨로 바꾼 게야. 나만 그런 게 아니고 절이라는 절에 계신 모든 스님들이 다 그렇게 석가모니 부처님의 성씨를 따라 석씨로 바꾸었다."

아이가 알겠다는 듯이 고개를 끄덕였다.

"아, 예. 그래서 모두들 다 석씨 성을 가지셨군요?"

"왜 이 스님도 석씨, 저 스님도 석씨, 그래서 좀 이상스럽더냐?"

"전 그런것도 모르고 이 절에는 석씨 일가들만 사시나보다 그렇게 생각했지요, 뭐……."

"허허허허- 아닌게 아니라 속가 성씨를 버리고 석가모니 부처님 성씨를 따르면 모두가 다 일불제자이니 일가들만 사는 셈이지."

잠시 무엇인가를 골똘히 생각하던 아이가 머뭇거리며 보덕스님을 불렀다.

"그럼, 저 스님."

"왜 그러느냐?"

"저도 석씨 성으로 바꾸어 주십시오."

"아니 너 어쩌자고 갑자기 마음이 변했는고?"

"이 절에 사는 스님들이 모두 다 석씨 성인데 나만 외톨이라 그게 싫구요……."

"그리고 또?"

"노스님이 꼭 우리 할아버지 같아서 손자가 되고 싶어서요……."

"허허허허, 그 녀석 참! 그럼 너 아주 내친 김에 이름까지 새로 지어주어야 겠다."

"예, 스님."

보덕스님은 아이를 쳐다보며 잠시 생각을 하는 듯 했다.

"가만 있거라…… 그래, 마음 심자, 바를 정자, 심정이라고 해야겠구나.

"마음 심자, 바를 정자, 심정이라구요?"

"그래, 애야 심정아!"

보덕스님이 부르자 아이는 신이 나서 얼른 대답하였다.

"예, 스님. 심정이 여기 있사옵니다, 어서 분부내리십시오. 헤헤헤-."

"허허 그 녀석 참, 허허허-."

이렇게 해서 보덕스님은 올 데 갈 데 없는 아이에게 머리도 깎기 전에 새 이름을 지어주고 반룡사에 데리고 있었다.

하루는 제자 명덕이 보덕스님에게 물었다.

"스님께서는 장차 저 아이 머리를 깎아주실 작정이시옵니까요?"

제자의 물음에 보덕스님이 무겁게 입을 열었다.

"…… 글쎄다…… 그동안 행여나 하는 마음으로 저 아이의 어머니가 살아서 아들을 찾으러 오기를 기다렸더니 해동이 되었는데도 오지 아니하는 것을 보면 아무래도 지난 겨울에 눈 속에서 얼어 죽은 그 아낙이 저 아이의 어머니인 것만 같아서 마음이 무겁구나."

"하오면 스님께서 언제 한 번 저 아이에게 넌지시 물어보시지요? 저 아이의 어머니가 어떻게 생겼으며 혹시 오른쪽 입술 밑에 검은 점이 있었는지 말씀입니다요."

보덕스님이 주위를 둘러보며 주의를 주었다.
"쉬잇! 그런 소리는 함부로 꺼내는 것이 아니다. 만일 저 아이가 제 어머니가 돌아가신 것을 알게 된다면, 어린 나이에 얼마나 마음이 아프겠느냐?"
제자가 다시 물었다.
"하오면 스님께서는 달리 무슨 방편이라도 있으시옵니까요?"
"우선 이 절에 정을 붙이도록 잘 보살펴주고, 물어보더라도 그 연후에 물어볼 것이니, 너는 행여라도 저 아이 심정이가 어머니를 기다리는 것을 비웃어서는 아니될 것이요, 눈치를 채게 해서도 아니될 것이다! 내 말 알겠느냐?"
"예, 스님. 명심하겠습니다."

그해 삼월이 지나고 사월이 지나도, 반룡사 보덕스님 문하에서 어머니가 돌아오기만을 기다리고 있던 그 아이 심정이에게 어머니는 끝내 그 모습을 보여주지 아니했으니 보덕스님의 마음은 늘 무거울 수 밖에 없었다.
그러던 어느날 아침의 일이었다.
그날따라 까치가 시끄러울 정도로 우짖는 것이었다.
심정이가 경내를 돌아서 막 뛰어오며 들뜬 목소리로 보덕스님을 불렀다.

"스님, 스님, 노스님."

보덕스님이 의아해서 고개를 돌리며 심정이를 쳐다보았다.

"아니, 심정이 네가 어쩐 일로 이리 기분이 좋더란 말인고?"

심정이는 싱글벙글하며 급히 말했다.

"예, 저 스님, 제가요 스님, 우리 어머니를 만났습니다요, 스님."

보덕스님은 깜짝 놀라며 심정이의 얼굴을 걱정스럽게 쳐다보았다.

"무, 무엇이라고? 네, 네가 어머니를 만났다니?"

"예 스님, 제가 간밤 꿈에 분명히 우리 어머니를 만났슈니다요, 스님. 정말입니다요."

보덕스님은 심정이의 눈을 피하며 간신히 대답했다.

"어어 그래…… 꿈에 어머니를 만났더란 말이지?"

심정이는 여전히 들뜬 목소리로 대답했다.

"예 스님, 어머니가 외갓집에서 오시는 길이라고 하시면서 떡을 많이 싸오셨습니다요."

"허 그래, 그것 참 좋은 꿈이로구나."

마침 까치가 다시 우짖자 심정이는 까치를 올려다보며 말했다.

"저것 보십시오 스님, 까치가 아침부터 우짖으면 반가운 손님이 오신다고 그랬지요?"

"그, 그래. 아침에 까치가 울면 기쁜 소식이 있다고 그랬지."

"우리 어머니가 오늘 틀림없이 오실 모양이예요. 그렇지요, 스님?"

심정이가 춤이라도 출듯 들떠서 말하자 보덕스님도 눈을 들어 가만히 까치를 쳐다보았다.

"그, 글쎄다…… 정말 그랬으면 오죽이나 좋겠느냐…… 헌데 심정아."

보덕스님이 나지막히 심정이를 부르자 심정이가 의아한 표정으로 보덕스님을 쳐다보았다.

"예, 스님."

"대체 네 어머니의 얼굴이 어떻게 생기셨더냐?"

"우리 어머니의 얼굴이요?"

보덕스님은 짐짓 시치미를 떼고 다시 묻는 것이었다.

"그래, 아주 잘 생기셨더냐?"

심정이는 어머니가 보고싶은듯 잠시 고개를 수그렸다.

그러나 이내 얼굴을 들고는 눈을 반짝이며 보덕스님을 쳐다보았다.

"그럼요. 우리 어머니는요, 저기 저 법당의 관세음보살님이 계시지요? 꼭 그 관세음보살님처럼 그렇게 생기셨어요."

 심정이는 말하다 말고 잠시 주춤거리며 보덕스님을 쳐다보는 것이었다.
 "그런데 스님, 그건…… 왜 물어보십니까요?"
 보덕스님이 정색을 하고 대답했다.
 "아, 아니다. 내가 마을에도 내려가고 장터에도 가곤 하니까, 행여라도 네 어머니를 만나게 될른지도 모를 일인데, 대체 어떻게 생기셨는지 그걸 모르니 그래서 한 번 물어본 게야."
 심정이가 고개를 끄덕였다.
 "아 참 그렇겠네요. 그러면은…… 스님, 우리 어머니는요, 법당에 서계신 관세음보살님 같은 복스러운 얼굴인데요, 아주 똑같이요. 관세음보살님하고요…….
 심정이는 어머니가 생각나는지 잠시 조용히 있다가 다시 말했다.
 "아 참, 그리고 틀린 게 딱 한 가지 있어요. 우리 어머니는요, 오른쪽 입술 밑에 콩알만한 까만 복점이 하나 있어요."
 순간 보덕스님은 소스라치게 놀랐으나 아무 내색하지 않고 심정이에게 다시 물었다.
 "잠깐! 심정이 너 방금 뭐라고 그랬느냐? 오, 오른쪽 이, 입술 밑에 까만 복점이 있다고 그랬느냐?"
 심정이가 의아해서 보덕스님을 쳐다보며 물었다.

"예, 스님 그, 그런데 왜 그리 놀라시옵니까요, 스님?"
"아, 아니다. 그, 그런 점이 있는 부인을 지난번 장터에서 본 것 같기도 해서 말이다."
심정이가 안타깝다는듯 말했다.
"아휴, 그럼 한 번 물어보시지 그러셨습니까요, 스님? 아들이 반룡사에 있는데 왜 찾아가지 않느냐고 말입니다요."
보덕스님은 심정이의 얼굴을 차마 똑바로 쳐다볼 수가 없었다.
"그, 그래. 앞으로 또 그런 부인을 만나면 내 반드시 그렇게 물어볼 것이니 염려하지 말아라."
보덕스님은 아이의 어머니 오른쪽 입술 밑에 까만 점이 있다는 소리를 듣자 그만 가슴이 철렁 내려앉았다.
보덕스님은 제자를 불렀다.
"스님, 부, 부르셨사옵니까요?"
"그래, 이거 아무래도 불길한 생각이 드는구나."
제자가 의아해서 보덕스님을 쳐다보며 물었다.
"불길한 생각이라니요, 스님?"
"저 아이 심정이 말이다."
"예, 스님."
"저 아이가 그러는데, 제 어머니 오른쪽 입술 밑에 검은 점이

하나 있다는 게야."

제자가 놀라며 말했다.

"아니. 그러면 그 아낙이 틀림없이 저 아이의 어머니가 아니옵니까요, 스님?"

보덕스님은 제자에게 다시 확인하는 것이었다.

"틀림없이 오른쪽 입술 밑에 검은 점이 있었더냐?"

제자가 고개를 끄덕이며 대답했다.

"틀림없습니다, 스님. 아, 제가 두 눈으로 똑똑하게 보았습니다요. 눈 속에서 얼어죽은 그 아낙네의 얼굴에는……"

보덕스님이 손가락을 입술에 대며 주위를 둘러보았다.

"쉬잇! 넌 대체 저 아이가 들으면 어찌 하려고 그렇게 큰 소리로 말한단 말이더냐?"

"잘못되었습니다, 스님. 용서하십시오."

보덕스님이 한숨을 내쉬었다.

"…… 이 일을 대체 어찌 하면 좋단 말이던고……"

잠자코 있던 제자가 보덕스님에게 말했다.

"하오나 스님, 언제까지 이 일을 숨길 수는 없는 일이 아니겠습니까요?"

잠시 허공을 응시하던 보덕스님이 천천히 입을 열었다.

"저 아이는 이제 겨우 아홉을 넘었다. 저 어린 것에게 차마 어찌 네 어머니는 돌아가셨으니 기다리지 말라고 말해준단 말이더냐?"

"하오나 스님, 저 아이가 다 자랄 때까지 저렇게 목이 빠지게 어머니만을 기다리게 할 수도 없는 일 아니겠습니까?"

잠시 생각하던 보덕스님이 낮은 목소리로 제자를 불렀다.

"이것 보아라, 명덕아!"

"예, 스님."

"그 아낙이 남긴 보퉁이에는 무엇무엇이 들어 있던고?"

"예, 그 보퉁이에는 무명이 한 필 들어 있었고, 조그만 퉁소가 한 개 들어 있었사옵니다, 스님."

"퉁소라니? 입에 대고 부는 피리 말이더냐?"

"예, 그렇사옵니다."

"무명이 한 필에 퉁소가 한 개라…… 너 어서 가서 그 보퉁이를 가져 오너라."

"예, 스님. 분부대로 하겠습니다."

보덕스님의 분부대로 제자가 보퉁이 하나를 들고 들어와서 스님 앞에 조심스럽게 풀어놓았다.

보덕스님은 잠시동안 가만히 내려다 보고만 있었다.

"으음- 과연 무명이 한 필에 퉁소가 하나로구나. 이것 말고 다른 것은 더 없었느냐?"

"예, 스님. 다른 것은 아무것도 더 없었사옵니다."
"이 보퉁이는 다시 잘 싸서 여기 놓아 두어라."
"예, 스님."
"그리고 나가서 저 아이 심청이를 내 방으로 들여 보내도록 해라."

제자 명덕이 걱정스런 표정으로 보덕스님을 쳐다보았다.
"저 아이 심청이를 들여 보내라 하오시면…… 대, 대체 어찌 하시려고 그러시는지요, 스님?"
"과연 이 보퉁이가 저 아이의 어머니 것이 분명한지 알아볼 것이오……"
"…… 알아보신 다음에는요?"
"만일 저 아이의 어머니가 죽은 것이 사실로 들어난다면, 저 아이를 이 절에 붙들어 두고 있을 까닭이 없는 일이 아니겠느냐?"
"하오시면 스님께서는 저 아이를 우리 절에서 내보내실 생각이시옵니까?"
"저 아이를 꼭 내보내겠다는 것이 아니라, 저 아이를 속여서 네 어머니가 너를 찾으러 오실 것이니 이 절에서 기다리고 있어야 한다고 붙들어 두는 것은 도리가 아니라는 말이다."

제자가 조심스럽게 말했다.

"제가 보기에는 말씀입니다요, 스님. 아무래도 지난 겨울에 눈 속에서 얼어죽은 그 아낙이 저 아이의 어머니임에 틀림이 없습니다요."

보덕스님이 고개를 끄덕이며 말했다.

"만사는 불여튼튼이라고 했으니, 지레 짐작으로 일을 그르쳐서는 안되는 법이다. 어서 나가 저 아이나 들여보내도록 하여라."

"예, 스님. 분부대로 하겠습니다."

이윽고 나이 어린 심정이가 방 안으로 들어와 보덕스님 앞에 인사를 올린 뒤, 무릎 꿇고 다소곳이 앉았다.

"스님께서 부르신다 하시기에 왔사옵니다."

보덕스님은 심정이의 얼굴을 쳐다보며 천천히 말했다.

"그래, 내가 너를 불렀느니라. 무릎을 펴고 편히 앉도록 해라."

심정이가 고개를 저으며 대답했다.

"아니옵니다요, 스님. 어른 앞에 앉을 적에는 반드시 무릎을 꿇고 앉아야 마땅하다 하셨습니다."

보덕스님이 대견한 듯 심정이를 쳐다보며 웃었다.

"허허, 그래? 대체 누가 그렇게 일러 주시던고?"

"예, 우리 어머니가 그렇게 가르쳐 주셨습니다."

"오, 그래. 헌데 심정아!"

심정이가 보덕스님을 똑바로 쳐다보며 대답했다.

"예, 스님."

"내가 너에게 마음 심자, 바를 정자, 심정이라고 새이름을 지어줄 적에는 어찌 하라고 일러 주었던고?"

심정이가 눈을 반짝이며 또박또박 대답했다.

"예, 스님께서 저에게 마음 심자, 바를 정자, 심정이라고 이름을 지어주신 뜻은 마음을 바로 알고, 마음을 바로 지니고, 마음을 바로 쓰라고 이르셨사옵니다."

보덕스님이 흡족한 듯 고개를 끄덕였다.

"그래, 바로 그렇느니라. 허면 과연 어떻게 하는 것이 마음을 바로 알고, 마음을 바로 지니고, 마음을 바로 쓰는 것인지 이를 것인즉 명심해서 잘 듣도록 하여라."

"예, 스님."

"사람의 마음이란 고삐 끊어진 망아지와 같아서 단 한 시도 얌전하게 그대로 있지를 못하느니라. 금방 웃었다가, 금방 울었다가, 또 금방 즐거워했다가, 또 금방 화를 냈다가 그러는 것이니라."

보덕스님은 잠시 말을 멈추고 심정이의 표정을 살피다가 다시 말을 이었다.

"그러므로 즐거운 일이 있다고 해서 좋아 날뛰어서는 아니될 것이요, 슬픈 일이 있다고 해서 금방 울어서도 아니될 것이요, 화낼 일이 있다고 해서 금방 화를 내는 일이 있어서도 아니될 것이다."

"…… 예, 스님."

"마음을 바로 알고, 마음을 바로 지니고, 마음을 바로 쓰는 사람, 바로 그런 사람을 대장부라고 하는 것이니, 심정이 너는 내가 이른대로 대장부가 한 번 되어 보겠느냐?"

"예, 스님."

"심정이 너, 간밤에 어머니를 만난 꿈을 꾸었다고 그랬으렷다?"

"예, 스님."

"꿈 속에서는 반가웠으되, 깨고 나서 꿈인줄 알고서는 허망했을 것이니라."

"…… 예."

"사람이 사는 것도 일 년을 살건, 십 년을 살건, 백 년을 살건, 한토막 꿈과 같은 것, 너는 아직 나이가 어려서 잘 모를 것이다마는 이제 차차 알게 될 것이니라."

"예, 스님."

보덕스님은 잠시 말을 멈추고 가만히 있다가 살며시 보통이

를 꺼내놓았다.

"내 이제 너에게 보여줄 것이 있으니…… 바로 이 보퉁이를 본 적이 있느냐?"

보퉁이를 본 심정이의 눈이 커다랗게 변했다.

"예에? 아니 이건, 이 보따리는 우리 어머니 것입니다요, 스님!"

"틀림이 없느냐?"

심정이가 고개를 마구 끄덕이며 대답했다.

"예에! 틀림없이 우리 어머니가 안고 오시던 보따리입니다요!"

들떠서 커진 심정이의 목소리와 달리 보덕스님의 목소리는 더 낮아졌다.

"허면, 이 속에는 무엇이 들어 있었는지도 알고 있느냐?"

"예, 알고 있습니다요. 외할머니가 싸주신 옷감이 들어있구요, 내가 가지고 불던 피리가 들어 있습니다요!"

심정이는 보퉁이를 헤집어서 옷감과 피리를 꺼내들었다.

"이, 이것 보십시오, 스님. 이 피리하고 이 옷감! 우리 어머니가 오셨군요 스님? 그렇지요, 스님? 지금 우리 어머니는 어디 계십니까요 스님? 예?"

심정이는 주위를 두리번거리며 보덕스님에게 물었다.

보덕스님은 아무런 말이 없이 그저 염주만 굴릴 뿐이었다.

"나무관세음보살…… 나무관세음보살……."

철없는 아이 심정이는 보퉁이를 펼쳐놓고 어머니가 절에 돌아오신 줄 알고 기쁨을 감추지 못하는 것이었으니, 보덕스님으로서는 참으로 난감한 일이었다.

"제발 스님, 얼른 가르쳐 주십시오. 스님, 우리 어머니는 지금 어디에 계십니까요, 예?"

보덕스님은 어렵게 입을 열었다.

"네 어머니는 이 절에 돌아오지 아니 했느니라."

심정이가 믿기지 않는다는 듯 말했다.

"아이구 참, 스님도…… 바로 이 보따리가 여기 와 있는데 우리 어머니는 오지 않으셨다니요?"

"이 보따리는 아랫마을 사람들이 전해준 것이야."

"예에? 아니 아랫마을 사람들이 전해주었다구요? 왜요, 스님?"

심정이는 이해가 되지 않는다는 듯 고개마저 갸우뚱하며 보덕스님을 쳐다보았다.

"애야, 심정아!"

"예, 스님."

"네 어머니는 이제 이 세상에 아니 계신다."

"예에? 아니 스님, 무슨 말씀이시옵니까요? 예?"

"네 어머니는 지난 겨울 눈 속에서 길을 잃고 헤메다가 돌아 가셨다."

심정이의 눈에는 금새 왕방울만한 눈물이 뚝뚝 떨어져 내렸다.

"…… 우리 어머니가…… 우리 어머니가 돌아가셨다구요? 정말이십니까요, 스님? 예?"

보덕스님이 가라앉은 목소리로 대답했다.

"내가 내려가서 장례를 치뤄 주었느니라."

심정이는 기어이 울음을 터뜨리고 말았다.

"어머니이- 어머니- 어머니……"

보덕스님이 혀를 끌끌 찼다.

"허허, 이게 대체 절집안에서 무슨 해괴한 일이던고!"

심정이는 울면서 보덕스님에게 매달렸다.

"우리 어머니를 살려 주세요. 우리 어머니를 살려달란 말이예요, 스님. 어머니- 어머니- 어머니……"

보덕스님이 심정이를 나무랐다.

"절집안에서는 울음소리를 내서는 안되는 일이니라. 그만 일어나서 날 따라 내려가자. 네 어머니의 산소를 일러줄 것이니라."

보덕스님은 나이 어린 심정이를 아랫마을 뒷산으로 데리고 가서 심정이 어머니의 묘소를 가르쳐 주었다.

어린 아이 심정이는 어머니 묘소에 엎드려 서럽게 서럽게 우는 것이었다.

심정이가 울음을 그치질 않자 보덕스님이 심정이의 등을 어루만졌다.

"애야, 심정아!"

심정이가 울먹이며 대답했다.

"…… 예, 스님."

"이 세상에 태어난 모든 사람은 다 이렇게 한 번은 죽어서 흙 속에 묻히게 되는 법이니라. 어떤 사람은 아이 적에 죽고, 어떤 사람은 젊어서 죽고, 또 어떤 사람은 늙어서 죽고, 또 어떤 사람은 병들어 죽고, 잠을 자다가도 죽는 법이요, 길을 가다가도 죽는 법이요, 낭떠러지에서 떨어져도 죽는 법이요, 물에 빠져서도 죽는 법이요, 모두가 결국은 다 이렇게 죽는 법이니, 이 법을 미리 알아서 마음을 바로 보고, 마음을 바로 지니고, 마음을 바로 써서, 기뻐하지도 아니하고, 슬퍼하지도 아니해야 생노병사의 괴로움에서 벗어날 수 있느니라."

심정이는 여전히 울먹이며 말했다.

"하오나, 스님."

보덕스님이 심정이의 등을 어루만지며 말했다.
"이제 그만 하직 인사를 올리고 떠나야할 것이니라."
"…… 예, 스님."

그날 밤이었다.
보덕스님은 캄캄한 방 안에 홀로 가부좌를 틀고 앉아 화두삼매에 빠져 있었다.
제자 명덕이 보덕스님을 불렀다.
"스니임, 스니임-. 스님, 주무시옵니까요? 스니임-."
"이미 야심했거늘 무슨 일이더냐?"
"저 아이를 대체 어찌 하면 좋을런지요, 스님?"
"저 아이라니, 심정이 말이더냐?"
"그렇사옵니다, 스님."
보덕스님이 방문을 열었다.
"그래, 심정이가 대체 무얼 어찌했다는 말이더냐?"
"저 소리를 좀 들어보십시오. 바로 저 소리 말씀입니다요."
보덕스님이 귀기울여 들어보니 법당 쪽에서 퉁소 소리가 이어질듯 끊어질듯 들려오는 것이었다.
"아니 저건 퉁소 부는 소리가 아니더냐?"
"심정이 저 녀석이 아까부터 저렇게 법당 앞 댓돌에 앉아 하염없이 퉁소만 불어대고 있습니다요, 스님."

보덕스님은 잠시 퉁소 소리를 듣고 있다가 한 마디 했다.

"허허, 그 녀석 참. 그 퉁소 소리 한 번 사람 애간장을 다 끊어 놓는구나."

"아니, 하오면 스님께서는……."

"잘 들어 보아라. 분명 범상한 솜씨가 아니니라."

제자는 어이가 없다는 듯 보덕스님을 쳐다보았다.

"제 말씀은요 스님, 저렇게 절집안에서 퉁소를 부는 것은 우리 법도에 어긋나는 일이온데 저걸 대체 어찌하면 좋겠는지, 그걸 스님께 여쭙고자 함입니다요, 스님."

"상관하지 말고 들어가서 잠이나 자거라."

"아니, 하오시면 스님……."

"이 녀석 명덕아!"

"예, 스님."

"매사는 역지사지(易地思之)라, 처지를 한 번 바꾸어 놓고 생각을 해봐야 하는 법이다."

제자 명덕은 어리둥절하여 보덕스님을 다시 쳐다보았다.

"…… 무슨…… 말씀이시온지요, 스님?"

"명덕이 네가 저 나이에 저렇게 되었으면 과연 어찌 할 것이던고?"

"...... 아...... 예."

퉁소 소리는 밤늦도록 그칠 줄 모르고 계속 이어지는 것이었다.

"허허 그 녀석, 애간장 다 녹이는 퉁소 소리에 우리 절 부처님께서도 오늘 밤 눈물 꽤나 흘리시겠구먼. 응? 허허허-."

3
지옥가시게 되었으니 어쩌면 좋습니까

하루는 보덕스님이 나이 어린 심정이를 불러 앉혔다.
"애야, 심정아!"
"예, 스님."
"너는 간밤에도 또 그 퉁소를 불었느냐?"
심정이가 우물쭈물 대답했다.
"…… 예."
"퉁소 부는 솜씨가 보통이 아니던데 대체 그 퉁소는 언제부터 배웠는고?"
"…… 예, 일곱 살 때부터 아버님한테 배웠사옵니다."
"아버님한테서 배웠다고?"
"…… 예, 아버님께서 벼슬 하시다가 물러나신 후 심사가 울적하실 때마다 퉁소를 부신다고 어머니가 말씀해 주셨습니다."

보덕스님은 고개를 끄덕이면서 심정이를 쳐다보았다.
"허, 그래…… 헌데 말이다, 심정아!"
"예, 스님."
"넌 어찌하고 싶은지 그것이 알고 싶구나."
심정이가 보덕스님을 쳐다보며 물었다.
"…… 무슨…… 말씀이시온지요, 스님?"
"이젠 돌아가신 어머니가 널 찾으러 오실 리도 없고, 그렇다고 하는 일 없이 언제까지 이렇게 널 절에다 붙잡아둘 수도 없고……."
심정이가 눈을 동그랗게 뜨고 보덕스님에게 물었다.
"하오면 스님께서는 절더러 이제 이 절을 떠나라 그런 말씀이시옵니까요?"
"아, 아니, 널더러 이 절에서 떠나라는 게 아니라……."
심정이가 낮은 목소리로 대답했다.
"사실은요 스님, 저도 요 며칠 사이 곰곰히 생각을 해봤습니다요."
보덕스님이 정이 담긴 눈빛으로 심정이를 쳐다보았다.
"오, 그래. 대체 무슨 생각을 했더란 말이던고?"
"기왕지사 돌아가신 어머니가 나를 찾으러 오실 리도 없고, 우리 집안은 삼족이 멸문지화를 당한 터이니 갈 곳도 없고, 대

체 이 일을 어찌 하면 좋을까 하구요."

 보덕스님이 대견한 듯 얼굴에 미소를 지으며 심정이를 쳐다보았다.

 "그, 그래. 그래서 무슨 생각을 하게 되었느냐?"

 "그동안 이 절에서 먹고 자고 얻어 입고 신세만 잔뜩 졌으니 대체 어찌하면 이 신세를 갚을 수 있을까……."

 보덕스님이 고개를 저었다.

 "아니다 인석아, 우리 절에서 먹고 잔 것은 신세랄 것도 없으니 그 걱정일랑은 그만 두고……."

 "아니옵니다, 스님. 우리 어머니께서 이르시기를, 길을 지나가다가 샘물 한 모금을 제 손으로 떠서 마시더라도 그 샘을 파놓은 사람의 신세를 진 것이니, 그 은혜를 결코 잊어서는 아니된다 하셨습니다."

 "허허, 거 아주 훌륭한 가르침을 내려주셨구나."

 심정이는 울먹이며 말을 이었다.

 "그뿐만이 아니옵니다. 우리 어머니께서는 짚신 한 짝을 신는 것도 다 산천초목의 신세를 지는 것이니 그 은혜를 결코 잊지 말라고도 하셨습니다."

 보덕스님이 고개를 끄덕였다.

 "그래, 그래. 백 번 천 번 지당하신 말씀이니라."

"우리 어머니가 늘 그렇게 이르셨는데 감히 어찌 제가 스님의 은혜, 이 반룡사의 은혜를 모른다 하겠습니까?"
 눈가가 붉어진 심정이를 애처롭게 쳐다보던 보덕스님이 말했다.
 "그래, 그래. 네 갸륵한 뜻은 내 알겠다마는 그런 것은 조금도 마음에 두지 말고, 내 말은 말이다…… 너 하고 싶은대로, 너 가고 싶은대로 가도 좋다는 말이다."
 심정이는 잠시 가만히 있다가 결심한 듯 보덕스님을 불렀다.
 "저, 스님."
 "그래, 말해 보아라."
 "제가 스님께 한 가지 청이 있으니 꼭 좀 들어주십시오."
 보덕스님이 심정이의 얼굴을 쳐다보았다.
 "…… 무슨…… 말인지, 어디 해 보아라."
 "스님의 은혜, 이 반룡사의 은혜, 그리고 부처님의 은혜를 갚고자 하오니 부디 제 머리를 깎아주십시오, 스님."
 뜻밖의 말에 보덕스님은 놀라서 심정이를 빤히 쳐다보았다.
 "무, 무엇이라고? 머리를 깎아달라고?"
 심정이가 다시 울먹이기 시작했다.
 "예, 스님. 부탁이옵니다. 스님, 부디 제 소원을 들어주십시오."

그러나 보덕스님은 그날 당장 허락을 내리지 않았다.

부모형제도 없고, 일가친척도 없고, 의지가지도 없는 어린 아이의 장래를 가벼이 여길 수는 없었기 때문이었다.

보덕스님은 제자 명덕에게 의논을 했다.

"이것 보아라, 명덕아."

"예, 스님."

"저 아이 심정이 말이다."

"예, 스님."

"이 절에서 살 수 있도록 머리를 깎아달라고 하니 어찌했으면 좋겠는고?"

제자 명덕이 얼른 대답했다.

"제 생각 같아서는 말씀이옵니다요 스님, 내보내는 게 좋을 것 같사옵니다요."

보덕스님이 제자 명덕을 쳐다보며 말했다.

"밤이면 퉁소를 불어대니 듣기가 싫더라 그런 말이더냐?"

"아, 아니옵니다요. 퉁소 소리도 퉁소 소리지만, 관가에서 역적의 자식들 중에 도망친 자가 있다 하여 찾고 있다고 하옵니다요."

보덕스님이 얼굴을 찌푸렸다.

"관가에서 아직도 그 일로 사람을 찾고 있단 말이더냐?"

"예. 못보던 사람이 마을에 들어오면 지체없이 알리라고 엄포를 놓더랍니다요."

"허허 그렇다면 이거 안되겠구먼."

"그, 그렇사옵니다 스님."

"이 멍청한 녀석아, 내 말귀를 똑똑히 알아 들어라. 호랑이 아가리에다 저 아이를 들이밀 수는 없단 말이다."

"예에? 아니, 하오시면 스님······."

보덕스님이 서둘러 말했다.

"내일 아침 당장 저 아이의 머리를 깎아줄 것이니 삭도를 잘 갈아놓도록 하고, 저 아이에게 입힐 먹물옷도 한 벌 준비하도록 하여라. 내 말 제대로 알아들었느냐?"

"아, 예. 스님, 분부대로 하겠사옵니다요."

다음날 보덕스님은 어린 아이 심정이의 머리를 손수 깎아주고 사미십계를 내리게 되었다.

보덕스님이 근엄한 얼굴로 입을 열었다.

"첫째는 불살생이니, 위로는 부처님, 성인, 스님, 부모로부터 아래로는 날아다니고 기어다니는 보잘것 없는 벌레에 이르기까지, 생명있는 모든 것을 내 손으로 죽이거나 남을 시켜 죽이거나, 죽이는 것을 보고 좋아하지 말라. 이것을 능히 지켜 받들

겠느냐?"

심정이가 대답했다.

"예, 능히 받들어 지키겠습니다."

"둘째는 불투도이니, 귀중한 금과 은으로부터 바늘 한 개, 풀 한 줌이라도 주지 않는 것을 훔치지 못한다. 상주물이거나 시주의 것이거나, 대중의 것이거나, 관청 것이거나, 개인의 물건이거나 모든 물건을 빼앗거나, 훔치거나, 속여서 가지거나, 세금을 속이거나, 이것이 모두 훔치는 것이니, 이것을 능히 지켜 받들겠느냐?"

"예, 능히 받들어 지키겠습니다."

"셋째는 음행하지 말라이니, 나고 죽는 근본은 음욕이 첫째라, 그러므로 경에 이르시기를 차라리 음행하지 아니하고 죽을지언정 음행하면서 살기를 바라지 말라 하셨으니, 이것을 능히 지켜 받들겠느냐?"

"예, 능히 받들어 지키겠습니다."

"넷째는 거짓말을 하지 말라이니, 허망한 말을 해서는 아니될 것이요, 옳은 것을 그르다 하고, 그른 것을 옳다고 해서는 아니될 것이며, 본 것을 못보았다 하고, 못본 것을 보았다 해서는 아니될 것이며, 간사스런 말, 아첨하는 말, 남을 비방하고 중상모략하는 말을 해서도 안될 것이며, 남에게 욕을 해서도 아니될 것이요, 남을 저주하는 악담을 해서도 아니될 것이니, 이것을 능히 지켜 받들겠느냐?"

심정이가 고개를 끄덕이며 대답했다.

"예, 능히 받들어 지키겠습니다."

"다섯째는 술을 마시지 말라이니, 술을 마시면 언행이 일치하지 아니하게 되고 정신이 흐려지며 지혜가 줄어들고 삿된 일에 빠지게 되나니, 이것을 평생토록 능히 지켜 받들겠느냐?"

"예, 능히 받들어 지키겠습니다."

"일곱째는 노래하거나 춤추지 말 것이며 구경도 하지 말라이니, 풍류는 도닦는 마음을 어지럽히고 허물을 키우는 것, 이것을 능히 받들어 지키겠느냐?"

"예, 능히 지키겠습니다."

잠시 심정이의 얼굴을 쳐다보던 보덕스님은 다시 말을 이었다.

"여덟째는 높고 큰 평상에 앉지 말라이니, 부처님 경전에 평상은 여덟 뼘을 넘어서는 안된다 하셨다. 이것을 능히 받들어 지키겠느냐?"

"예, 능히 받들어 지키겠습니다."

"아홉째는 때 아닐 적에 먹지 말라이니, 하늘 사람은 아침에 먹고, 부처님은 낮에 자시고, 귀신은 밤에 먹나니, 출가수행자

는 마땅히 때 아닐 적에 먹지 말아야 한다. 이것을 능히 받들어 지키겠느냐?"

"예, 능히 받들어 지키겠습니다."

"열번째는 금은보화를 지니지 말라이니, 부처님께서도 걸식을 하셨거늘 그 제자된 자들이 금은보화를 가져 어디에다 쓸 것인가! 출가수행자가 스스로를 가리켜 빈도라 하거니와 재화를 벌려고 하지 말 것이며, 모아두지 말 것이며, 장사하지 말 것이니, 이것을 능히 받들어 지키겠느냐?"

"예, 능히 받들어 지키겠습니다."

법당에는 합송하는 독경소리가 장중하게 울려 퍼지고 있었다.

이제 겨우 열 살이 된 아이 심정이였지만 깨끗하게 삭발시켜 먹물옷을 입히고 사미십계를 내리고 나니, 보덕스님은 사미승 심정이가 참으로 대견스러운지 심정이를 쳐다보며 활짝 웃었다.

"허허, 이렇게 머리를 깎아놓고 보니 두상이 아주 썩 잘 생겼구나. 응? 허허허-"

약간은 상기된 표정으로 엄숙하게 앉아있던 심정이는 보덕스님이 웃자, 쭈뼛거리며 물었다.

"하온데 스님, 저도 이제 출가수행자가 된 것이옵니까?"

보덕스님이 고개를 끄덕였다.

"암, 너도 이제 사미계를 받았으니 어엿한 수행자이니라. 그 대신 오늘 내린 열 가지 계는 어김없이 잘 지켜야 하는 법이야."

심정이가 알겠다는 듯 고개를 끄덕였다.

"예, 스님. 저, 그런데 말씀입니다요 스님."

보덕스님이 얼굴에 웃음을 머금은 채 물었다.

"그래, 또 무엇이 궁금하던고?"

심정이가 걱정스러운 얼굴로 물었다.

"만약에 말씀입니다요 스님, 만약에 계를 한 가지라도 어겼을 때에는 어떻게 되는 것이온지요?"

"그야 계율을 어긴 정도에 따라서 벌을 받게 되어 있다마는…… 벌로, 공양주를 시키기도 하고, 정랑 청소를 시키기도 하고, 울력을 시키기도 하고, 또 밥을 굶기기도 하고, 말을 못하게 하기도 하고, 심한 경우에는 절문 밖으로 아주 쫓아내기도 한다."

"그럼 스님께 한 가지만 더 여쭙겠사옵니다."

"그래, 어디 물어보아라."

"지옥은 대체 어디에 있는 것이온지요, 스님?"

난데없는 심정이의 질문에 보덕스님이 잠시 머뭇거리며 심정이를 한참동안 쳐다보다가 대답했다.

"지옥이라고? 그야 지금 너에게 지옥은 저기 저 땅 속에 있다고 하겠지마는, 이 다음에 네가 더 크고 공부를 더 하게 되면 그땐 지옥이 바로 이 마음 속에 있다는 것을 알게 될 것이다."

보덕스님과 심정이가 이렇게 이야기를 나누고 있을 때였다. 제자 명덕이 급히 보덕스님을 부르며 뛰어왔다.

"스님, 큰일났사옵니다."

"무슨 일이더냐?"

"관가에서 역적 자손을 찾는다고 들이닥쳤습니다요, 스님?"

"무엇이? 관가에서?"

역적의 자손을 찾아내기 위해서 관가 사람들이 절안에 들이닥쳤다는 말을 들은 보덕스님은 잠시 고개를 돌려 이제 막 사미십계를 받은 심정이의 얼굴을 한 번 돌아다 보았다.

그리고는 나지막히 심정이를 불렀다.

"애야, 심정아!"

"예, 스님."

"너는 아무 걱정하지 말고 내가 하라는대로만 따르면 된다. 내 말 알아듣겠느냐?"

"…… 예, 스님."

"자, 그럼 심정이 너는 내 뒤를 따라 나오되, 마당에 내려서거든 내 옆에 바짝 달라붙어 서 있어야 하느니라."

"…… 예, 스님. 하, 하오나……."

겁에 질린 심정이의 얼굴을 쳐다보며 보덕스님이 다짐하듯 말했다.

"무서워할 것 조금도 없느니라. 심정이 너는 함경도 회령에서 온 내 속가 손자뻘이니라. 알겠느냐?"

"…… 예, 스님."

"속가 성씨는 밤 율자 율씨라고 하느니라. 알아들었느냐?"

"…… 예, 스님."

"자, 그럼 내 뒤를 따라 나오너라."

"…… 예, 스님."

보덕스님은 심정사미를 데리고 나가 관원 앞에서 걸음을 멈추었다.

"어서 오십시오."

관원이 보덕스님에게 인사하며 물었다.

"저, 대사님께서 바로 이 반룡사 주지이신 보덕스님이십니까요?"

"예, 소승이 바로 이 반룡사 살림을 맡고 있는 보덕이올시다."

관원은 보덕스님 옆에 바짝 붙어 서있는 심정사미를 힐끗 쳐다보며 말했다.

"오늘 이렇게 반룡사를 찾아온 것은 다름이 아니옵고……."
"예, 말씀하시지요."
"저 아랫마을 사하촌에서 듣자하니, 이 절간에 못보던 아이가 하나 머물고 있다고 하기에……."
보덕스님은 심정사미를 가리키며 태연하게 말했다.
"아, 바로 이 아이 심정이를 두고 하는 말인 모양이구먼. 얘야, 심정아!"
심정사미가 얼른 대답했다.
"예, 스님.
"손님이 절에 찾아오셨으면 인사부터 여쭙는 법이니라."
심정사미가 얼른 고개를 숙였다.
"예, 어서 오십시오. 어르신."
갑자기 심정사미가 고개를 숙이며 인사를 하자, 관원이 얼떨결에 인사를 받으며 말했다.
"어어 그, 그래. 그, 그러니까 이 아이는……?"
보덕스님은 대답대신 다시 심정사미를 불렀다.
"얘야, 심정아."
"예, 스님."
"너, 저기 감로천에 가서 감로수 한 대접 떠다가 올리도록 하여라."

"예, 스님."

심정사미가 감로수를 뜨러 가자, 보덕스님이 관원을 쳐다보며 말했다.

"저 아이, 참 영특하게 잘 생겼지요?"

"아, 예. 정말 예쁘게 잘 생겼습니다만……."

보덕스님은 관원을 쳐다보며 침울하게 말했다.

"허나 저 아이는 불쌍한 아이올시다."

"불쌍…… 하다니요, 대사님?"

관원이 고개를 갸우뚱하며 보덕스님을 쳐다보았다.

"내 속가 인연으로 손자뻘 되는 아이인데, 회령에서 살던 아이입니다만……."

"…… 회령…… 이라구요?"

"그렇소이다. 내 속가 누이 동생의 손자 녀석인데, 지난번 수나라 군사들이 쳐들어 왔을 적에 저 아이의 아비 율서방이 을지문덕 장군 휘하에서 싸우다가 목숨을 바쳤고……."

관원이 혀를 끌끌 찼다.

"아이구 저런…… 그, 그러면 공훈을 크게 세우시고……."

"그 후 저 아이의 어미마저 시름시름 병을 앓다가 세상을 뜨고 말았소이다 그려……."

관원이 안됐다는 듯 혀를 끌끌 찼다.

"원, 저런……."

그때 심정사미가 감로수를 떠갖고 와서는 관원에게 내밀며 말했다.

"감로수 떠왔사옵니다. 한 모금 드십시오."

관원은 심정사미를 애처로운 눈으로 쳐다보았다.

"어어, 그래. 이거 고맙구먼."

"우리 절의 감로수를 드시면 불로장생하신다 하니 많이 드십시오. 그렇지요, 스님?"

심정이의 말에 보덕스님이 고개를 끄덕였다.

"그래, 그래. 불로장생하고말고……."

관원은 감로수를 받아 마셨다.

"어, 잘 마셨다."

심정사미가 보덕스님을 쳐다보며 말했다.

"하오면 스님, 이 빈 그릇을 제자리에 갖다놓고 오겠사옵니다."

"오, 그래 그래."

심정사미가 빈 그릇을 가지고 가자, 관원이 보덕스님에게 물었다.

"그, 그러니까 저 아이의 속가 성씨가 율씨라고 그러셨던가요, 스님?"

"그렇소이다, 밤 율자 율씨성이지요."
관원이 고개를 끄덕이며 말했다.
"거 참 영특하게 잘 생긴 아이가 정말 딱하게 되었습니다 그려."
보덕스님이 얼른 말을 받았다.
"해서, 내가 회령까지 가서 데려다가 머리를 깎아주었습니다. 이제는 사미승이지요."
관원이 고개를 숙이며 말했다.
"아, 예. 그런 줄도 모르고 저는 그만 또 혹시나 해서…… 이거 정말 번거롭게 해드려서 죄송하옵니다, 대사님."
관원이 사과하자 보덕스님이 태연하게 말했다.
"그 원 무슨 말씀을요, 세상이 하도 뒤숭숭한 세상이라 경황들이 없겠지요."
"그럼 저 이만 돌아가겠습니다, 대사님."
"먼 길 오시느라고 수고가 많으셨소이다. 살펴들 가시오."
관원들이 돌아간 후 보덕스님은 감로천으로 가서 심정이를 불렀다.
"애야, 심정아."
감로천에 앉아서 멍하니 하늘을 바라보고 있던 심정이가 고개를 돌리고 보덕스님을 보더니 벌떡 일어섰다.

"그 사람들 갔습니까요, 스님?"
"그래, 돌려보냈다. 나도 감로수 한 바가지 마셔야겠다."
"대접에 떠올릴까요, 스님?"
"아, 아니다. 그 바가지로 그냥 떠다오."
"예, 스님. 여기 있사옵니다."
심정이가 감로수를 건네자 보덕스님이 바가지를 받았다.
"그래. 오, 감로수 물맛 한 번 시원하구나."
바가지를 받아들며 심정이가 보덕스님을 걱정스레 쳐다보며 입을 열었다.
"하온데, 스님!"
"…… 왜?"
"공연히 저 때문에 스님께서 지옥가시게 되었으니 어찌하면 좋습니까요?"
보덕스님이 심정이를 쳐다보며 되물었다.
"내가 지옥을 가게 되다니?"
"저 때문에 스님께서 거짓말을 하셨으니 말씀입니다요."
그제서야 보덕스님이 심정이의 말을 알아듣고 미소를 지었다.
"어, 그래. 지옥갈 짓을 했으면 지옥에 가야지. 암, 가야하구 말구. 음? 허허허허……."

4
열반경을 강설하다

　지금으로부터 무려 1350여 년 전인 고구려 영류왕 때의 일이니 이 때의 기록이 삼국유사와 삼국사기에 토막토막 수록되어 있다.
　이 무렵, 보덕스님은 중국으로부터 열반경을 구해다 읽으며 그야말로 이 열반경에 심취해서 보고 또 보고 몇 번이나 보았는지 모를 정도였다.
　그만큼 보덕스님은 이 열반경에 흠뻑 빠져서 때로는 무릎을 치고, 때로는 하염없는 눈물을 흘리기도 하였다.
　그러던 어느날 밤이었다.
　보덕스님은 열반경을 읽다말고 감동하여 혼자 말했다.
　"오, 부처님이시여! 참으로 거룩하시옵고 자비로우십니다. 당신께서 이 세상을 마지막 떠나실 때까지 이렇게 자상하시고,

이렇게 자비롭고, 이렇게 거룩하신 가르침을 내려주셨으니, 부처님이시여, 부처님이시여, 참으로 감사드리옵니다. 참으로 감사드리옵니다."

이날 밤에도 보덕스님은 석가모니 부처님께서 마지막 열반에 드시기 전에 설법하신 대목을 또 읽다가 감동한 나머지 두 손을 합장하고 석가모니 부처님께 몇 번이고 몇 번이고 감사의 인사를 올리는 것이었다.

누워서 보덕스님을 물끄러미 바라보던 심정이가 일어나 앉았다.

"스님."

보덕스님이 심정이를 쳐다보았다.

"어, 더 잘 것이지 어찌해서 일어났느냐?"

"스님께서는 어쩐 일로 우시면서 부처님을 부르시옵니까?"

두 눈을 깜박이며 묻는 심정이를 쳐다보는 보덕스님의 얼굴에는 미소가 감돌았다.

"오, 이 열반경을 다시 보자니, 부처님께서 꼭 바로 지금 내가 보는 앞에서 이 마지막 설법을 들려주시고 열반에 드신 것만 같구나."

"그렇게 슬프시옵니까, 스님?"

보덕스님은 슬며시 손등으로 눈물을 닦으며 말했다.

 "아, 아니다. 슬프기만 해서 우는 것이 아니라 슬프기도 하고, 기쁘기도 하고 외경심과 환희심이 이 가슴에 꽉 차서, 그래서 나도 모르게 눈물이 흘러내렸구나. 내가 그동안 수많은 부처님의 경전을 다 보아왔지만, 이렇게 자상한 법문, 이렇게 자비롭고 거룩한 법문은 아직 듣지 못했다."

 심정이가 잠시 생각하더니 보덕스님에게 물었다.

 "하오시면 스님, 그렇게 좋은 부처님의 경전을 어찌해서 저희들에게는 들려주시지 않으시옵니까?"

 "이 열반경 말씀을 감히 내가 어찌 여러 대중들에게 전할 수 있겠느냐? 나는 아직 그럴만한 자격이 없느니라."

 심정이가 말도 안된다는 듯 말했다.

 "아이구 참 스님도…… 듣자하니 우리나라 고구려에서는 우리 스님이 덕이 높기로 제일이라고들 그러시던데요, 뭐……."

 보덕스님이 심정이의 말을 막았다.

 "그런 말은 함부로 하는 것이 아니다. 참으로 부처님 경지에 다다르려면 나는 아직 부처님 발바닥에서도 벗어나질 못했느니라."

 심정이가 다시 한 마디 했다.

 "아이구 참, 스님께서 부처님 발바닥 밑이라고 하시면 그럼 저같은 건 저기 저 땅 속 밑에 들어가 있겠네요, 뭐……."

보덕스님이 얼굴을 찌푸렸다.

"너 이 녀석, 심정아! 어른 말씀에 일일이 토를 달고 빈정거리면 안되느니라."

심정이가 얼른 무릎을 꿇었다.

"예 스님, 잘못되었습니다. 용서하여 주십시오."

보덕스님이 엄하게 일렀다.

"내 오늘은 용서할 것이로되, 차후로 다시는 이런 말버릇이 없어야 할 것이다!"

"예 스님, 명심하겠습니다."

보덕스님이 보고 또 볼 정도로 심취한 열반경은 석가모니 부처님의 마지막 모습과 마지막 설법을 수록한 경전인데, 최후의 설법을 담고 있는 경인지라 유교경이라고도 부른다.

이 열반경은 인도의 쿠시나가라성 가까이 흐르는 아리라발제 강가에 서있는 사라쌍수 밑에서 바야흐로 열반에 드시려는 석가모니 부처님께서 재가신도 순타가 바친 마지막 공양을 드시고 제자들의 물음에 답해주신 최후의 설법을 담고 있다.

부처님 열반시의 슬픈 정경이 장엄한 필치로 묘사되어 있어서 보는 이로 하여금 숙연한 감동에 젖게 한다.

그러므로 보덕스님이 몇 번이고 읽고 또 읽는 것은 당연한

일일 수 밖에 없었다.

이 날도 보덕스님은 또 다시 열반경을 펴놓고 앉아 있었다.

그때 바깥에서 노승의 목소리가 들려왔다.

"반덕암 노승, 스님께 문안드리옵니다."

보덕스님은 벌떡 일어나서 방문을 열었다.

"아이구 이거 노스님께서 또 내려오셨습니까?"

보덕스님은 고개를 숙이며 어쩔 줄을 몰라하는 것이었다.

"아이구 이거, 소승이 찾아뵈어야 마땅한 일이온데 또 이렇게 내려오시게 해서 죄송스럽사옵니다. 스님, 어서 들어오십시오."

그러나 노승은 방으로 들어가지 않고 다짜고짜로 볼멘 소리를 하는 것이었다.

"내 오늘은 스님의 대답을 듣기 전에는 방에 들어가지 않을 것이니 그리 아시오."

보덕스님이 노승을 쳐다보며 물었다.

"예에? 아니 무슨 말씀이시옵니까요, 노스님?"

노승은 한숨을 내쉰 뒤 조용히 말했다.

"이 늙은 중, 앞으로 살면 얼마나 더 살겠소이까?"

"아이구 스님, 무슨 말씀이시옵니까요? 자, 자 그러시지 마시고 어서 안으로 드십시다요, 스님."

그러나 노승은 완강하게 고개를 젓는 것이었다.

"글쎄, 오늘은 이 늙은 중을 위해서 열반경을 언제부터 들려 주실 것인지 그것부터 대답을 듣고 나서야 들어갈 것이오."

"아이구 스님, 열반경이시라면……."

미처 보덕스님의 말이 끝나기도 전에 노승이 섭섭하다는 듯이 말했다.

"눈이 어두워 보지 못하는 늙은 중이니 귀로 들을 자격도 없더라 이런 말씀이시오?"

보덕스님이 쩔쩔매며 어쩔줄을 몰라했다.

"아이구 스님, 그런 게 아니오라……."

"좋소이다. 정 그러시다면 이 늙은 중, 여기 이렇게 앉아서 죽기를 기다리겠소이다!"

노승은 말을 마치자마자 땅바닥에 털썩 주저앉는 것이었다.

반덕암에서 내려온 노승은 벌써 오래전부터 보덕스님에게 열반경을 전해 듣기를 소원하고 있던 터라 이번만은 기어이 허락을 받아내고야 말겠다는 굳은 각오를 한 듯 했다.

보덕스님이 내려와서 노승의 장삼자락을 잡았다.

"아이구 스님, 제발 이러시지 마시고 그만 어서 안으로 드십시다요."

노승이 보덕스님을 쳐다보지도 않고 말했다.

 "소용없는 소리! 이 늙은 중의 나이가 십 년만 더 젊어서 눈만 밝았으면 내 눈으로 그 열반경을 보기가 소원이었는데, 세상에 그래 죽기 전에 한 번만 들려 달라는데 그 소원도 못들어주시겠다 그런 말씀이오?"
 "아이구 아니옵니다요, 스님. 제가 귀찮아서 그러는 것이 아니옵구요, 어려운 중국 문자로 되어있는 경이라 소승같은 공부 짧은 사람이 함부로 경을 전하려다가 잘못 해석을 해서 엉뚱한 소리를 할까, 그것이 두려워 그러는 것이옵니다요, 스님."
 아무리 보덕스님이 얘기를 해도 노승은 조금도 들으려 하지 않는 것이었다.
 "부처님이 일찍이 이르시기를 육 바라밀 가운데서는 보시 바라밀이 그 으뜸이요, 보시 바라밀 가운데서도 법을 보시하는 것이 그 첫째라 하셨소이다."
 "아, 그야 소승도 잘 알고 있사옵니다만……."
 "여러 말씀 하실 것 없소이다! 이 늙은 중, 열반경을 전해듣지 못한 채 죽을 바에야 여기 이렇게 앉아서 이대로 죽겠소이다!"
 노승이 완강하게 버티자 보덕스님은 어찌 할 바를 몰라 쩔쩔 맸다.
 "아이구 이거, 이러시오면 아니되시옵니다, 스님."

그때 심정이가 조심스럽게 입을 열었다.

"스님, 제가 한 말씀 올리고자 하오니 허락하여 주십시오."

보덕스님이 심정이를 쳐다보며 말했다.

"무슨…… 말이더냐?"

"아직 나이 어린 사미가 말씀드리는 것은 도리가 아니오나, 이 노스님의 소원이 지극하시옵고, 또한 반룡사 모든 대중들의 소원도 그러하오며, 인근 사찰 암자에 계시는 모든 대중들도 스님의 열반경 강을 듣기가 소원이오니, 부디 스님께서는 열반경을 대중들에게 들려주시옵소서. 나이 어린 사미가 감히 말씀을 올린 점 용서하여 주십시오."

심정이 보덕스님의 눈치를 보며 말을 마치자, 노승이 심정이를 쳐다보며 말했다.

"허허 그 녀석 참, 나이는 어린 녀석이 천번만번 지당한 소리만 하는구나."

그리고는 보덕스님을 향해서 말을 이었다.

"어쩌시겠소? 이 사미 아이의 말을 들으시고도 그래도 사양하시겠소이까?"

보덕스님이 할 수 없다는 듯 조용한 목소리로 대답했다.

"스님, 이제 그만 안으로 드십시오. 소승 모자라는 대로 내일모레인 초 열흘부터 모든 대중들을 위해 열반경을 전해 올리

도록 하겠습니다."

그 말에 노승의 얼굴이 대번 밝아졌다.

"잘 생각하셨소이다. 스님은 과연 대사님이시오. 이 늙은 중, 대사님 덕택에 열반경을 전해 듣게 되었으니 이젠 죽어도 여한이 없을 것이오."

보덕스님은 별 수 없이 열반경을 강해 주기로 허락했으니 보덕암 노승은 물론이요 모든 대중들이 다들 좋아하는 것이었다.

잠시후 보덕스님과 심정이만 남게 되자 심정이가 조심스럽게 보덕스님을 불렀다.

"저, 스님."

"왜 그러느냐?"

"어른들 하시는 일에 어린 제가 참견을 해서 크게 잘못되었습니다. 벌을 내려주십시오."

"아니다. 심정이 네가 잘못한 것이 아니라 그동안 내가 크게 잘못했었느니라."

"아니옵니다요 스님, 제가 잘못했사옵니다요."

"그동안 나는 닦음도 아직 얕고 도도 깊지 아니하거니와 공부도 짧아서 자칫 함부로 열반경을 잘못 전했다가는 부처님의 말씀과는 삼만팔천 리나 엉뚱하게 빗나갈까 그것이 두려워서 차마 입을 떼지 못하고 있었느니라. 그런데 오늘에야 용기를 얻었으니 그건 바로 심정이 네 덕이니라."

"아이구 스님, 아니옵니다요."

꾸지람을 들을 줄만 알았던 심정이는 보덕스님의 말에 어쩔 줄을 몰라 했다.

"옛부터 모르는 것은 세 살 먹은 아이한테도 배우라고 하였거니와 오늘 나는 네 말을 듣고 비로소 각오를 새롭게 했느니라."

"각오를 하시다니요, 스님?"

"부처님 경전을 잘못 전해서 설령 내가 지옥에 가는 한이 있더라도, 한 말씀 한 구절이라도 먼저 전해드리는 것이 나의 도리라는 것을 알게 되었느니라."

보덕스님의 말을 듣고 심정이가 심각하게 말했다.

"하옵시면, 스님께서 저 때문에 지옥을 두 번씩이나 가시게 되면 어쩝니까요, 스님?"

보덕스님은 대수롭지 않다는 듯 대답했다.

"지옥에는 지옥 중생들이 있다고 그랬으니 거기 가서도 부처님의 가르침을 전하면 될 것이 아니겠느냐?"

심정이가 눈을 크게 떴다.

"아이구 그럼 스님, 지옥에 가셔서도 또 스님 하시게요?"

"부처님의 가르침이 얼마나 거룩하고, 자비로우며 또 지혜로

우신지, 너도 차차 공부를 하고 나면 자연스럽게 알게 될 터이니 그때 가서는 너도 세세생생 사람으로 태어나서 스님이 되겠다고 소원하게 될 것이다."

보덕스님이 환하게 웃으며 말하자 심정이가 눈을 크게 뜨고 물었다.

"아이구 그럼 부처님의 가르침이 정말 그렇게도 좋단 말씀이시옵니까?"

보덕스님이 고개를 끄덕이며 대답했다.

"부처님의 가르침을 잘 배우고, 믿고 의지하며, 그대로 실천하면 농사를 짓는 사람이나, 장사를 하는 사람이니, 관직에 있는 사람이나, 공부하는 수행자나, 모두 다 근심 걱정 고통에서 벗어나 편안하게 한 세상을 살게 되는 법이다."

"아이구 알겠습니다요 스님, 저도 이제 부지런히 공부를 하겠습니다요."

보덕스님이 심정이의 머리를 쓰다듬으며 말했다.

"그래, 그래. 세월은 너를 기다려 주지 아니하니 촌음을 아껴서 공부하도록 해라."

이렇게해서 평안도 용강현 반룡사에는 보덕스님의 열반경 강설을 듣기 위해서 수많은 대중들이 모여들었다.

쇠북 울리는 소리가 들린 후에 보덕스님이 말했다.
"이것 보아라, 심정이 거기 있느냐?"
심정이가 얼른 뛰어왔다.
"예 스님. 저 여기 있사옵니다. 스님, 분부내리십시오."
"그래 대중 스님들은 몇 분이나 오셨던고?"
"예 스님, 대중방에 더 들어앉을 자리가 없을 만큼 많이들 오셨사옵니다."
"허면, 노스님께서도 와 계시더냐?"
심정이가 고개를 저었다.
"아니옵니다 스님, 노스님께서는 오늘 몸이 불편하셔서 거동을 못하신다 하옵고 그대신 젊은 스님들을 보내셨다 하옵니다."
보덕스님이 혀를 끌끌 찼다.
"허허, 이건 또 무슨 소리던고? 내가 오늘부터 열반경을 감히 강설하기로 한 것은 바로 저 노스님의 지극하신 불심과 정성을 이기지 못하여 시작하기로 했었거늘, 바로 그 노스님이 오시지 못하신다면 내 어찌 그 노스님이 안계신 자리에서 열반경을 강설하겠느냐?"
심정이가 걱정스럽게 말했다.
"하오나 스님, 다른 스님들은 다 와 계시옵니다요."

보덕스님은 고개를 설레설레 흔들었다.

"아니될 소리, 이것 보아라 심정아."

"예, 스님."

"다른 스님들이 열 분이건 백 분이건 다 소용없는 일이다. 나는 노스님의 지극하신 정성을 이기지 못하여 강을 설하기로 했으니 심정이 네가 급히 가서 그 노스님을 모시고 오도록 해야 할 것이다."

"예, 스님."

심정이가 급히 나가려하자 보덕스님이 다시 말했다.

"아, 아니다. 나이 어린 심정이 네가 가서야 그 노스님을 업어서 모시고 올 수 없을 것이니, 명덕이를 보내야 겠다. 너 어서 나가서 명덕이를 내가 좀 보잔다고 일러라."

"예, 스님."

보덕스님은 제자 명덕을 시켜서 노스님을 극진히 모셔오게 한 뒤에 노스님께 공손히 예를 갖추었다.

"노스님께서 열반경을 전해 들으시기를 하도 지극 정성으로 소원하셨기에, 열 가지 백 가지가 부족한 소승, 감히 오늘부터 강을 시작할까 하옵니다."

노승이 감격한 목소리로 말했다.

"…… 장한 일이시오, 대사님. 더더구나 거동조차 못하는 이 늙은 중을 위해서……."

"소승, 노스님을 위해서 결심한 강이라, 감히 이렇게 노스님을 모셔오도록 했으니 용서하십시오. 그리고 노스님께서는 오늘부터 이 반룡사에 계시면서 열반경을 들으시도록 정성을 다해 모실 것이오니 그리 아십시오."

"아이구 이거, 부처님의 은혜, 대사님의 은혜가 막중할 뿐이오."

"아, 아니옵니다 노스님. 하오면 노스님께서는 편히 등을 기대시고 들으시도록 하십시오."

"고맙소 대사님, 참으로 고맙소이다."

대중방에는 대중들의 독경소리가 울려 퍼지기 시작하였다.

이윽고 보덕스님은 부처님을 향해 예를 갖춘 뒤, 여러 대중들을 위해 열반경을 강설하기 시작했다.

바로 이것이 우리나라 불교 사상 최초로 열반경을 전하는 역사적인 자리였다.

독경 소리가 점점 낮아지자 보덕스님이 낮고 포근한 목소리로 입을 열었다.

"자 허면, 여러 대중들께서는 조용히 눈을 감으시고, 우리 모두 마음을 내어 부처님이 살아계시던 저 멀리 천축국으로 함께 가보도록 하십시다."

보덕스님은 죽비를 딱딱딱 내리쳤다.
"부처님의 세수 팔십이시던 해 2월, 부처님께서는 베사리성을 떠나 북쪽을 향해 무거운 발걸음을 옮기셨습니다.
첨바촌을 지나시고, 건타촌, 바리바촌을 거쳐 부처님께서는 부미성 북쪽에 있는 시사바 숲속에서 쉬셨지요."
보덕스님은 잠시 말을 끊고 대중들을 둘러본 후 다시 말을 이었다.
"그러시고는 또 다시 발걸음을 옮겨 북쪽으로 북쪽으로 걸어서 파바성의 쟈두원에 머물러 쉬고 계셨습니다.
헌데 이 쟈두원에서 쉬고 계시면서도 우리 부처님께서는 부처님을 친견하고자 찾아온 수많은 대중들을 위해서, 팔십 고령이심에도 불구하시고 감로수와도 같은 법을 설해 주셨습니다.
부처님의 설법을 들은 수많은 대중들은 너무나 감동한 나머지, 서로서로 부처님과 비구들을 모셔다가 공양을 대접하겠노라고 나서는 것이었습니다.
높은 벼슬을 가진 사람들, 수많은 장자들이 서로 모시겠다고 나섰습니다만 이때 한 가난한 대장장이인 춘다가 부처님께 애원을 했어요.
'부처님이시여, 저는 가난하고 보잘것 없는 대장장이 춘다이옵니다. 부처님과 부처님의 제자들께 제가 감히 공양을 올리고

자 하오니 허락하여 주십시오.'

 그러자, 우리 부처님께서는 그만 다른 사람들의 청은 다 물리치시고, 대장장이 춘다의 소원을 들어주셨는데, 허허, 바로 이 춘다의 공양이 마지막 공양이 될 줄이야 어느 누구인들 짐작이나 할 수 있었겠습니까?"

 부처님의 마지막 공양이라는 보덕스님의 말에 대중방에 앉아 있던 모든 스님들이 아연 긴장해서 숨소리를 죽였다.

 보덕스님은 한동안 두 눈을 지그시 감고 있다가 이윽고 다시 말을 이어 나가기 시작했다.

 "대장장이 춘다의 집에서 버섯죽을 공양받으신 부처님께서는 다시 걸음을 북쪽으로 북쪽으로 옮기셨습니다.

 헌데, 이때부터 부처님께서는 몸이 편치 않으신지라 도중에 잠시 쉬시게 되었어요.

 그리고는 제자를 불렀지요.

 '이것 보아라, 아난다야.'

 '예 부처님이시여, 아난다가 여기 있사옵니다.'

 '목이 마르구나, 물 한 그릇 떠오도록 해라.'

 '하오나 부처님이시여, 바로 냇물 상류에 오백 대의 수레가 지나가고 있어서 물이 아주 흙탕물이옵니다.'

 '상관하지 말고 떠오도록 하여라.'

　제자 아난다가 멈칫거리며 부처님께 다시 말했지요.
　'하오나 부처님이시여, 구손강이 여기서 멀지 않사옵고, 그 구손강 물은 맑고 깨끗하오니 잠시만 기다려 주시옵소서.'
　그러자 부처님이 고개를 저으며 말했습니다.
　'아니다. 흙탕물이라도 상관치 말고 이 냇물을 떠오도록 하여라.'
　자, 우리 부처님께서 이렇게 분부를 하셨으니, 제자 아난다가 할 수 없이 흙탕물을 바루 가득 떠다가 부처님 앞에 올렸지요.
　'죄송하옵니다 부처님이시여, 이 물은 너무 흐려서 부처님의 발은 씻으실 수 있사오나 잡수실 수는 없겠시옵니다.'
　그러자 부처님은 제자 아난다를 쳐다보시며 말씀하셨지요.
　'이것 보아라, 아난다.'
　'예, 부처님이시여.'
　'네가 바루에 담아온 이 물을 다시 한 번 자세히 보아라. 아직도 이 물이 흙탕물이더냐?'
　'예에?'
　참으로 신통한 일이었어요. 부처님께서 바루를 받아드시자마자 바루에 담겨있던 흙탕물이 어느새 아주 맑은 물로 변해 있었습니다.
　부처님께서는 바루에 담긴 그 물을 맛있게 다 잡수시고 나서 다시 또 편찮으신 몸을 이끄시고 걸어 걸어서 북쪽으로 가셨으니, 마침내 그날 저녁 무렵에는 구시나가라성 가까이 흐르는 아리라발제강가에 당도하시게 되었지요.

　부처님은 다시 제자 아난다를 부르셨어요.

　'이것 보아라, 아난다야.'

　'예, 부처님이시여.'

　'저기 저 강가에 사라나무 두 그루가 서 있구나.'

　'예, 부처님이시여.'

　'바로 저 두 그루의 사라나무 사이에 자리를 펴도록 해라. 나는 거기 누울 것이니라.'

　제자 아난다가 부처님을 만류했지요.

　'아니되시옵니다 부처님이시여, 마을에 사는 장자와 거사들이 서로 자기집에 부처님을 모시겠다 하옵니다.'

　그러나 부처님은 고개를 설레설레 저으시며 말씀하셨지요.

　'아니다. 저 두 그루의 사라나무 사이에 자리를 펴거라. 나는 거기에 누울 것이니라.'

　'알겠사옵니다. 부처님이시여, 분부대로 하겠사옵니다.'

　제자 아난다가 부처님 분부대로 사라쌍수나무 아래 자리를 펴드리니, 부처님께서는 북쪽을 향해 머리를 두시고, 얼굴은 서쪽을 보시며 두 발을 포개어 옆으로 누우셨어요.

그리고는 이렇게 말씀하셨지요.
'비구들아, 내 말을 잘 들어라.'
'예, 부처님이시여.'
제자들이 대답하자 부처님이 말씀하셨지요.
'나는 이제 여기 누운 채로 열반에 들 것이니, 그동안 수행하면서 의심되는 점이 있었거든 빼놓지 말고 모두 묻도록 하여라.'
제자들이 어리둥절하며 부처님을 향해 말했어요.
'아니되시옵니다 부처님이시여, 부처님께서는 천 년만, 아니 백 년만, 아니 단 십 년만이라도 더 머물러 계시어 저희들에게 가르침을 베풀어 주시옵소서.'
그러나 부처님이 다시 말씀하셨지요.
'물어볼 것이 있으면 마땅히 지금 물으라. 이 때를 놓치면 훗날 후회하게 될 것이다.'
'아니되시옵니다 부처님이시여, 오랫동안 저희들을 이끌어 주시옵소서.'
그러자 부처님이 힘없이 다시 말씀하셨어요.
'물어볼 것이 있으면 마땅히 지금 물으라. 이 때를 놓치면 반드시 훗날 후회하게 될 것이니라.'
아난다가 부처님을 안타깝게 쳐다보며 말했어요.

'아니되시옵니다 부처님이시여, 아니되시옵니다.'
부처님이 다시 말씀하셨지요.
'물어볼 것이 있거든 부끄러워하지 말고 지금 물으라. 지금 이 때를 놓치고 나면 훗날 반드시 후회하게 될 것이니라.'"
보덕스님은 잠시 말을 멈추고 대중들을 둘러본 후 다시 말을 이었다.
"우리 부처님께서는 이렇게 세 번이나 당부를 하셨건만 그 자리에 있던 일천이백여 명의 제자들은 부처님이 세상을 떠나시겠다니 너무도 슬프고 가슴이 아파서 어느 누구 하나 입을 여는 사람이 아무도 없었지요."
그 다음날도, 또 그 다음날도 보덕스님은 지칠 줄을 모르고 열반경을 한 구절 한 구절 알아듣기 쉽게 설해 주었다.
보덕스님의 강설을 듣고 있던 모든 대중들은 마치 부처님의 열반을 눈 앞에 보는 듯이 숨을 죽여 들으면서 눈물을 흘리는 것이었다.
"부처님께서는 세 번이나 연거퍼서 물을 것이 있으면 어서 물으라고 당부를 하셨는데도 일천이백여 명의 제자들이 입을 열지 아니하자 부처님께서는 마지막 설법을 하시기 시작하셨소이다.
'비구들아, 내가 열반에 든 뒤에는 계율을 존중하되, 어둠 속

에서 빛을 만난듯이, 가난한 사람이 보물을 얻은 듯이 소중하게 여겨야 한다.

　계율은 너희들의 큰 스승이며 내가 세상에 더 살아 있다고 해도 그와 다름이 없을 것이다.'

　'아니되시옵니다, 부처님이시여.'

　'잘들 들으라.

　청정한 계율을 지닌 비구는 장사를 하지 말 것이며, 하인을 부리지 말 것이며, 짐승을 기르지 말 것이며, 불구덩이를 피하듯이 재물을 멀리 해야 할 것이며, 또한 사람의 길흉을 점치지 말 것이며, 주술을 부리거나 선약을 만들지 말라.

　또한 권세를 가진 사람과 사귀어 가난한 중생을 괴롭히지 말 것이며, 바른 생각으로 중생을 구제하라.

　또한 자기의 허물을 숨기거나 이상한 행동과 말로 중생들을 미혹하지 말 것이며, 음식이나 의복을 보시 받을 적에는 알맞게 받고 모아두어서는 아니될 것이다.'

　제자 카샤파가 입을 열었다.

　'하오면 부처님이시여, 보살이 오래오래 살려면 어찌해야 하는지 말씀해 주시옵소서.'

　'보살이 오래 살려거든, 이 세상 모든 중생을 자식처럼 보살펴야 하나니, 크게 사랑하는 것이 대자요, 크게 가엾이 여기는 것이 대비요, 크게 기뻐하는 것이 대희요, 크게 버리는 것이 대사이니, 대자대비 대희대사가 곧 사무량심이니라.

 이와같은 사무량심으로 평등한 마음을 내어 살생하지 아니하는 계행을 일러주고, 선한 법을 가르칠지니, 모든 중생으로 하여금 오계와 십선에 의해 살도록 할 것이며, 지옥, 아귀, 축생, 아수라의 세계에 다니면서 고통받는 중생들을 건져내야 할 것이다.

 해탈하지 못한 중생은 해탈케 하고, 헤메는 중생은 건져내며, 열반을 얻지 못한 중생은 열반을 얻게 하며, 두려움에 떠는 중생은 위로해 주어야 할 것이니라.

 이와같은 업을 짓는 인연으로 보살은 수명이 길고 지혜로워질 것이니라.'

 그러자 카샤파가 고개를 갸우뚱하며 다시 여쭈었어요.

 '하오나 부처님이시여, 저는 도무지 이해할 수 없사옵니다. 보살이 중생을 자식처럼 보살피면 오래 살게 된다고 말씀하셨사오나, 부처님께서는 저희 중생들을 자식처럼 보살펴 주시고도 어찌하여 백 년도 못되어 세상을 떠나려 하시옵니까?'

 부처님이 대답하셨지요.

 '가샤파야, 강물은 모두 흘러 바다로 들어간다. 이와 같이 천상천하의 모든 목숨은 모두 다 여래의 목숨 바다로 들어가나

니 여래의 목숨은 한량이 없느니라.'

카샤파가 다시 말했어요.

'부처님이시여, 여래의 수명이 한량없으시다면 일 겁동안만이라도 더 사시면서 저희 중생들에게 감로법을 내려주셔야 하지 않으시겠사옵니까?'

'이것 보아라 카샤파, 너는 여래가 아주 없어진다고 생각하지 말라. 비구나 비구니나 신통을 얻은 선인들도 오래 살려고 하면 얼마든지 오래 살 수 있을 것이거든 하물며 모든 법에 자재한 여래가 일 겁이나 백 겁을 더 못하겠느냐? 여래는 항상 머무는 법이요, 바뀌지 않는 법이요, 여래의 몸은 화현한 몸이요, 음식으로 유지되는 몸이 아니지만, 중생을 제도하기 위해 일부러 그렇게 보이는 것임을 알아야 한다.

나는 그래서 모든 것을 버리고 열반에 들려고 하는 것이니 열반이란 여래의 법성이니라.

이제 너희들은 마땅히 알라.

여래는 영원한 법이요, 변하지 않는 법이니 너희들은 그 이치를 알고 부지런히 정진하라.

그리고 정진한 뒤에는 다른 사람을 위해 널리 가르쳐야 한다.

다들 내말 제대로 다 알아들었느냐?'

'예 부처님이시여, 잘 알아들었나이다.'"

보덕스님은 열반경 한 구절 한 구절을 눈 앞에 펼쳐 보이듯이 설해 나가다가 목이 마른지 시자를 불렀다.

"애야 심정아, 물 한 그릇 가져 오너라."

"예 스님. 하온데 스님, 해가 기울어 예불 올릴 시각이 되었사옵니다."

"벌써 그렇게 되었던가? 자, 그럼 내일 또 계속 말씀드리기로 하지요."

이렇게 보덕스님은 시간이 가는 줄도 모르고 몰입하여 열반경을 설했던 것이다.

보덕스님은 다음날에도 또 그 다음날에도 하루도 거르지 않고 열반경을 강설하였는데, 스님은 이미 열반경의 한 구절 한 구절을 모조리 다 외우고 있는 듯 했다.

"자 그럼 여기 계시는 우리 대중들은 다시 두 눈을 감고 부처님이 계시는 구시나가라 쌍사라수 밑으로 가시도록 하십시다.

때는 2월 보름날 밤, 사방의 숲은 하얀 달빛을 받아 나무라는 나무는 다 백학같이 하얗게 되었는데 일천이백여 명의 부처님 제자들은 슬픔에 겨워 부처님 주위에 꿇어앉아 있었지요.

이때 제자 카샤파가 부처님께 여쭈었어요.

'부처님이시여, 부처님께서 말씀하시기를 아라한과 같은 훌륭한 사람은 세상을 이롭게 하고 중생을 가엾이 여기며 사람을 안락케 한다고 하셨습니다.

또한 그런 사람은 여래와 같으므로 중생들의 귀의처가 될 것이라 하셨습니다. 하오나 저희가 아마라 열매가 잘 익었는지, 설 익었는지 구별할 수 없듯이, 그들이 훌륭한 사람인지, 나쁜 사람인지, 그것을 어떻게 알아볼 수 있겠습니까?'

'잘 들어라, 카사파여.

사문들 가운데도 이름만 빌린 사문이 있고, 진실된 사문도 있다.

계행이 청정한 이도 있고, 계를 깨뜨리는 이도 있다.

그러나 제가신도들은 그들을 똑같이 공양하고 예배한다.

어떤 것이 진짜 약이고, 어떤 것이 가짜 약인지 분간하지 못한 사람들이 속아서 약을 사는 것과 같다.

허나 사문 가운데 만일 계를 깨뜨린 줄 알았거든 그에게는 보시를 해서는 아니될 것이요, 예배하고 공양하지 말아야 한다.

그가 만일 법답지 못한 것을 알았거든 그의 요구를 마땅히 거절하라.

사문들 가운데 파계한 자가 있거든 그가 가사를 입고 있을지라도 결코 공경하거나 예배하지 말라.'

카샤파가 부처님을 쳐다보며 말했지요.
'부처님이시여, 옳으신 말씀이시옵니다.
부처님 말씀에 헛됨이 없사오니 제가 금강석처럼 굳게굳게 지키겠사옵니다.
부처님께서 말씀하신 그대로 비구는 네 가지 법에 의지해야 하옵니다.
법에 의지하고 사람에게 의지하지 말 것이며, 뜻에 의지하고 말에 의지하지 말 것이며, 지혜에 의지하고 지식에 의지하지 말것이며, 해탈에 의지하고 생노병사 무명에 의지하지 말아야 할 것이옵니다.'
'착하도다 카샤파, 참으로 착하도다.'
부처님께서는 이렇게 제자 카샤파를 칭찬하시고 다시 또 감로설법을 들려주셨습니다.
'나는 이미 너희들에게 중생을 사랑하고, 가엾이 여기고, 기뻐하고, 버리는, 네 가지 그지없는 마음, 즉 사무량심을 지니라고 일렀느니라.
사랑하는 마음을 닦는 이는 탐욕을 끊게 되고, 가엾이 여기는 마음을 닦는 이는 성내는 일을 끊게 되며, 기쁜 마음을 닦는 이는 괴로움을 끊게 되고, 버리는 마음을 닦는 이는 탐욕과 성냄과 차별심을 끊게 되나니, 나는 그래서 너희들에게 네 가

지 무량심 대자대비, 대희대사를 닦으라고 한 것이다.

　이 네 가지 그지없는 마음은 온갖 착한 일의 근본이 되나니, 보살이 가난한 중생을 만나지 못하면 사랑하는 마음을 낼 인연이 없고, 사랑하는 마음을 내지 못하면 보시할 마음을 일으키지 못한다.

　보살은 보시하는 인연으로써 중생들을 편안하고 즐겁게 하는 것이니, 보시를 하면서도 마음이 어디에 걸리지 아니하고 은혜갚기를 바라지 말며, 탐착심을 내지 아니하면 그대들은 반드시 바른 깨달음을 이루게 될 것이니라.'

　부처님은 제자들에게 간곡히 말씀하셨어요.

　그리고 또 이렇게 당부하셨습니다.

　'그대들은 잘 들으라.'

　제자들이 얼른 대답하였지요.

　'예 부처님이시여, 명심하여 잘 듣겠사옵니다.'

　'보살이 보시를 하는 것은 명예나 이익을 위해서가 아니고 남을 속이기 위해서도 아니다.

　그러므로 보시를 했다고 하여 교만한 마음을 내거나 은혜갚기를 바라서는 아니될 것이요, 보시를 할 적에는 자기를 돌아보지 말아야 할 것이요, 받을 사람을 가려서도 아니될 것이며, 보살이 보시를 할 적에는 평등한 자비심으로 중생을 자식처럼 여겨야 할 것이니라.

또한 보살이 음식을 보시할 적에는 이렇게 서원하라.

내가 지금 보시하는 것은 모든 중생들과 함께 하는 것이니, 이 인연으로 중생들이 모두 큰 지혜의 음식을 얻어지이다.

바라옵건데 중생들이 법을 맛있는 음식으로 삼고 애욕의 음식을 찾지 않게 되어지이다.

바라옵건데 모든 중생들이 지혜를 이루어 걸림없는 착한 일을 하게 되어지이다.

모든 보살과 여래는 바로 자비심이 근본이니라.

다들 알겠느냐?'

부처님의 물음에 제자들이 모두 입을 모아 대답했어요.

'예 부처님이시여, 명심하겠나이다.'"

보덕스님은 반룡사에 모인 대중들을 위해 하루도 거르지 않고 열반경을 전해주었다.

보덕스님의 강을 들은 모든 대중들은 그야말로 환희심이 일어났다.

이렇게 보덕스님의 강은 계속되었다.

"밤은 깊어 달빛은 교교한데, 제자들은 부처님을 둘러싸고 앉아서 숨을 죽였어요.

부처님께서는 다시 말씀을 이어나가셨습니다.

'비구들아, 계율은 해탈의 근본이니라.

이 계를 의지하면 모든 선정이 이로부터 나오고, 모든 괴로움을 없애는 지혜가 나온다.

그러므로 비구들아, 너희는 청정한 계를 범하지 말라.

청정한 계를 그대로 잘 지키면 좋은 법을 얻을 수 있지만, 청정한 계를 지키지 못하면 온갖 좋은 공덕이 생길 수 없나니, 계는 가장 안온한 공덕이 머무는 곳임을 알아야 할 것이다.'

부처님께서는 여기서 잠시 말씀을 멈추시고 숨을 돌리신 다음 다시 제자들을 향해 설법을 계속하셨습니다.

'비구들아, 너희들은 이제 다섯가지 감각기관을 잘 다스려서 다섯가지 욕락에 빠지지 않도록 해야 할 것이니, 소치는 목동이 회초리를 들고 소가 밭에 들어가지 못하게 하는 것과 같이 단속해야 할 것이다.

다섯가지 감각기관은 마치 사나운 말과 같아서 재갈을 단단히 물리지 아니하면 말이 수레를 사납게 끌고 달려 사람을 구렁텅이에 내동댕이치는 것처럼, 다섯가지 감각기관도 사람을 구렁텅이 속에 빠뜨릴 것이다.

사나운 말이 끼친 해독은 한 때에 그치지만 오관이 끼치는 오욕의 해악은 후세까지 길이 미치게 되나니, 너희들은 이 점을 명심해야 할 것이다.'"

보덕스님이 이렇듯 열반경을 한 구절, 한 구절 쉽게 전해주시니 그 자리에 있던 모든 대중들은 부처님의 마지막 설법에 담긴 뜻을 마음 속에 깊이깊이 새겨두는 것이었다.

그날 저녁이었다.

심정이가 보덕스님을 불렀다.

"저 스님."

"왜 그러느냐?"

"스님께서 오늘 말씀해주신 부처님 설법 가운데 여쭐 것이 있사옵니다."

보덕스님이 부드러운 눈길로 심정이를 바라보았다.

"그래 대체 무엇이 그리도 궁금하던고?"

"예. 부처님께서 제자들에게 다섯가지 욕심에 빠지지 않도록 오관을 잘 단속하라 하셨다고 말씀하셨습니다."

"그래, 그러셨느니라."

"하온데, 그 다섯가지 욕심은 과연 어떤 욕심들을 말씀하신 것이온지요?"

보덕스님은 미소를 지으시며 말했다.

"그래, 심정이 네가 잘 알아듣도록 말해줄 것이니 정신 차려서 잘 듣도록 해라."

심정이가 두 눈을 반짝이며 대답했다.

"예, 스님."

"이 세상 중생들이 가장 빠지기 쉬운 욕심 가운데 첫째가 먹고 싶은 욕심이니, 많이 먹으려는 욕심, 맛있는 것을 먹으려는 욕심, 이것이 바로 식욕이니라."

"예, 스님."

"그 다음에는 자고 싶은 욕심이니, 사흘만 잠을 못자게 하면 견디기 어려운 것이 바로 이 수면욕이니라."

"예, 스님."

"그 다음은 색욕이니, 너는 아직 어려서 잘 모를 일이려니와 남자가 여자를, 여자가 남자를 가까이 하려는 욕심이니라."

"예, 스님."

"그 다음은 재물욕이니, 더 큰 집, 더 좋은 집, 더 많은 땅, 더 많은 세간살이, 더 많은 보물, 이런 것들을 자꾸자꾸 더 갖고싶은 욕심을 이름이니라."

"예, 스님."

"그리고 그 다음에는 명예욕이니, 으시대고 싶고 뽐내고 싶고, 큰 벼슬을 하고 싶은 욕심, 이것들을 일러 오욕이라 하느니라."

"예, 스님. 하온데 스님?"

심정이가 고개를 갸우뚱하자 보덕스님이 말했다.

"그래 또 무엇이 궁금하더냐?"

"부처님께서는 어찌하여 그 다섯가지 욕심을 금하라 하셨사옵니까?"

"이 세상 모든 중생들이 바로 그 다섯 가지 욕심 때문에 거짓말을 하고, 싸우고, 빼앗고, 죽이고, 괴로워하고 고통을 받으니. 그래서 부처님께서는 욕심이 하자는대로 끌려가지 말라고 엄히 이르신 것이다."

심정이가 고개를 끄덕이고는 다시 물었다.

"하오면 스님, 욕심이라고 하는 것은 나쁜 것이옵니까?"

"사람의 욕심은 밑빠진 항아리와도 같아서 나쁘기도 하려니와 무서운 것이다."

보덕스님은 말을 멈추고 심정이를 쳐다보며 물었다.

"심정이 너 말이다. 밑빠진 항아리에 심정이 네가 물을 가득 채울 수 있겠느냐?"

"그, 그야 채울 수 없겠습니다 스님."

"사람이란 나무 밑에서 잘 적에는 움막에서 자봤으면 원이 없겠다고 그런다.

헌데 또 움막에서 자고나면 단칸짜리라도 좋으니 번듯한 집에서 자봤으면 여한이 없겠다고 그런다.

허나 막상 번듯한 단칸방에서 살게되면 세칸집에서 살기를

원하게 되고, 네칸, 다섯칸, 열칸, 자꾸자꾸 욕심이 커지는 게야.

 욕심은 말하자면 밑빠진 항아리와 같아서 채워도 채워도 가득 채워지지 않으니, 그래서 욕심에 끌려가지 말라고 이르신 것이다.

 이제 내말 알아들었느냐?"

 "예 스님, 감로법문 내려주셔서 고맙습니다."

 보덕스님이 반룡사 대중들을 위해 열반경을 강설하기 시작하고 어느덧 해가 바뀌었다.

 그날도 보덕스님은 대중들을 모아놓고 열반경을 강설하고 있었다.

 "그날밤, 그러니까 2월 보름날 밤, 우리 부처님께서는 쌍사라수나무 아래 누우신 채로 제자들에게 마지막 설법을 계속해주셨습니다.

 '비구들아, 마땅히 알라.

 욕심이 많은 사람은 구하고자 하는 것이 많은 까닭에 근심이 많다.

 허나 욕심이 적은 사람은 근심 또한 없다.

 잘 들으라 비구들아.

 욕심을 버린 사람은 마음이 너그러워 근심 걱정이 없으며 모든 일에 여유가 있고 언제나 모자람이 없다.

너희들 비구들아, 마땅히 알라.

만일 모든 근심 걱정에서 벗어나고자 하거든 마땅히 만족할 줄 알라.

만족할 줄 아는 사람이 행복한 사람이다.

허나, 만족할 줄 모르는 사람은 설사 많은 재물을 가지고 있어도 마음은 늘 가난하며, 만족할 줄 아는 사람은 가난한 듯하지만 마음은 늘 부유하고 즐겁나니 바로 이것을 일러 소욕지족, 욕심을 줄이고 만족한다 하느니라.'

부처님께서는 제자들에게 이렇게 당부하시고는 잠시 또 숨을 돌리셨어요.

이때 수많은 제자들이 울음을 삼키면서 슬퍼하자 부처님께서는 슬퍼하지 말라고 타이르시고 말씀을 이으셨습니다.

'너희들 비구들아, 슬퍼하지 말라.

만일 내가 이 세상에 일 겁을 더 머물러 산다고 해도 결국에는 입멸할 것이니 한 번 만나서 헤어지지 않기란 결코 있을 수 없는 일이니라.

그러므로 마땅히 알라.

세상은 모두 덧없어서 한 번 태어나면 반드시 죽고, 만나면 반드시 헤어지는 법이니 근심과 괴로움을 품지말라.

너희 비구들아, 잘 들으라.

적정무위의 안락을 구하고자 하거든 몸과 마음이 한가로워야 하나니, 부디 마음속의 분별과 망상과 번뇌의 대상을 버리고 한적한 곳에서 부지런히 정진하라.

부지런히 정진하면 어려운 일이 없을 것이니 마치 낙숫물이 떨어져 돌에 구멍을 내듯이 끊임없이 정진하라.

한결같은 마음으로 게으름을 원수나 도둑으로 여겨라.

나는 게으르지 아니한 덕으로 깨달음을 얻었나니, 게으르지 말고 부지런히 정진하라.'

우리 부처님께서는 이제 당신께서 열반에 드실 때가 다 되었음을 스스로 아시고 잠시 제자들을 둘러 보신 다음 한 말씀 더 하셨습니다.

'여래의 가르침은 모두가 지극한 것이니 너희들은 부지런히 가르침에 따라 행해야 한다.

나는 의사와 같아서 너희들에게 좋은 약을 가르쳐 주었지만, 그 약을 먹고 아니 먹고는 너희들에게 달린 일이요, 나는 길잡이와 같아서 너희들에게 길을 가르쳐 주었지만, 그 길을 가고 아니 가고는 너희들에게 달린 일이니라.

비구들아, 바로 이것이 마지막 설법이니라.'"

보덕스님은 열반경의 마지막 구절을 전하고 나서 한동안 아무 말씀이 없었다.

　방 안에 앉아 있던 그 많은 대중들도 모두들 장엄한 부처님의 열반을 눈 앞에 보는 듯 지극한 마음으로 합장한 채 석가모니 부처님을 하염없이 합송하기 시작하였다.

　보덕스님이 일 년여에 걸쳐 열반경 강설을 마친 날 저녁이었다.

　심정이가 조심스럽게 보덕스님을 불렀다.

　"저. 스님."

　"왜 그러느냐?"

　"스님께서는 평소에 저희들에게 슬퍼하지도 말고 기뻐하지도 말라고 이르셨사옵니다."

　"그야 그랬었지."

　"하온데 오늘 스님께서는 부처님 열반 모습을 말씀하시면서 눈에 눈물을 보이셨사오니 어쩐 까닭이온지요?"

　보덕스님이 인자한 모습으로 심정이를 쳐다보며 물었다.

　"내가 눈물을 보이더라고?"

　심정이가 고개를 끄덕이며 보덕스님을 똑바로 쳐다보았다.

　"예 스님, 제가 분명히 보았사옵니다."

　"원 녀석도, 아 그거야 인석아, 슬퍼서 흘린 눈물이 아니다."

　심정이가 고개를 갸우뚱했다.

"슬프지 않으시다면 어찌하여 눈물을 다 보이셨사옵니까, 스님?"

"우리 부처님께서는 마지막 열반에 드시는 바로 그 시각까지 우리 중생들을 위해서 자비 법문을 들려주셨으니, 그 자비로우심이 너무 고맙고 고마워서 감사의 눈물이 저절로 나온 게지, 내가 인석아 울기는……."

심정이가 알겠다는 듯이 고개를 끄덕거렸다.

"전 그것도 모르고 너무 슬프기만 해서 자꾸자꾸 울기만 했습니다요, 스님."

보덕스님이 웃으며 심정이를 흘겨 보았다.

"넌 인석아 삭둣물이 아직 덜 말랐으니 우는 게 당연하지. 어서 그만 자도록 하고, 새벽 예불에 늦어서는 안될 것이니라."

심정이가 보덕스님에게 고개 숙여 절을 하며 말했다.

"예 스님, 명심해서 일찍 일어나겠습니다. 편히 주무십시오."

"그래 그래, 어서 가서 자거라."

보덕스님은 인자한 눈빛으로, 절을 하고 돌아서는 심정이의 뒷모습을 한참동안 바라보았다.

5
영탑사를 세우다

　보덕스님이 열반경을 우리나라에 처음 강설한 것을 계기로 해서 보덕스님은 우리나라 불교 열반종의 개조라고 일컬어지고 있다.
　이때 보덕스님이 반룡사에 머물면서 열반경 40권을 강설한 것은 삼국유사에 분명히 기록되어 있다.
　그런데 바로 이 무렵의 일이다.
　제자 명덕과 장터에 나갔던 심정이가 헐레벌떡 뛰어와서는 급하게 보덕스님을 불러대는 것이었다.
　"스님, 스님, 스니임-."
　"허허 대체 무슨 일이기에 그리 숨이 넘어가느냐?"
　심정이는 숨을 몰아쉬며 말했다.
　"예 스님, 며칠 전에 궁궐에서 난리가 일어났다 하옵니다요."

보덕스님이 눈을 크게 뜨고 물었다.

"무엇이라고? 궁안에서 난리가 일어났어?"

"예. 들리는 소리로는 임금님을 죽이고 궁궐을 빼앗았다 하옵니다요, 스님."

"허허 아니 대체 이게 무슨 해괴한 소리란 말이던고? 심정이 너는 대체 그런 소리를 어디에서 들었느냐?"

"예, 명덕스님과 함께 장터에 가는 길에 그 소문을 들었사온데요. 더 자세한 내막은 명덕스님이 알아온다고 하시면서 저더러는 먼저 올라가라 하셨사옵니다요."

보덕스님의 얼굴이 어두워졌다.

"허허 이것 참 보통 변고가 아니로구나. 나무관세음보살, 나무관세음보살……"

이 무렵 우리나라에는 북으로는 고구려, 동남에는 신라, 서남에는 백제가 자리잡고 있어서 서로 영토를 확장하기 위해 세력 다툼을 벌이고 있었는가 하면 중국에서는 수나라 대군의 침입에 이어 당나라에서도 호시탐탐 고구려를 정복하려고 기회를 엿보고 있던 터였다.

그리하여 나라 안은 그야말로 단 하루도 편안한 날이 없었다.

그런데 거기에다 또 나라 안에서까지 임금을 죽이고 궁궐을 빼앗는 큰 변고가 일어났으니 보덕스님이 탄식을 하는 것도

무리가 아니었다.

잠시 후, 제자 명덕의 목소리가 들려왔다.

"스님, 스님 명덕이가 돌아왔사옵니다."

이제나 저제나 제자 명덕을 기다리던 보덕스님이 방문을 열며 말했다.

"오 그래, 어서 들어오너라."

제자 명덕이 조심스레 방안으로 들어와서는 조용히 방문을 닫았다.

"그, 그래. 소문은 자세히 알아보았느냐?"

"예, 스님."

"대체 어찌된 소문이던고?"

"예, 영류왕을 시해하고 왕위를 빼앗은 것이 사실이라고 하옵니다."

"허허 저런! 대체 어떤 극악무도한 자가 그런 짓을 감히 했다는 말이던고?"

제자 명덕이 손가락을 입에 대며 걱정스럽게 말했다.

"스님, 말씀을 삼가시옵소서. 세상은 완전히 뒤바뀌어 성안에 피비린내가 진동하고 있었사옵니다."

"……나무관세음보살……나무관세음보살……"

보덕스님이 아무 말이 없자 제자 명덕이 말을 이었다.

"태대로라는 벼슬에 있던 연개소문이 거사하여 영류왕을 시해하고 영류왕의 아우이신 태양왕의 아들 보장을 왕으로 옹립했다 하옵니다."

"연개소문이라면 그 할아버지, 아버지 적부터 높은 벼슬을 살아오던 자요, 더더구나 그 벼슬이 막리지에 이르렀으니 부족함이 추호도 없었거늘……"

보덕스님이 탄식했다.

"스님, 고정하시옵소서. 세상은 지금 연개소문 일파가 한 손에 쥐고 흔들고 있사옵니다."

말없이 앉아있던 보덕스님이 방문 밖을 향해 큰소리로 말했다.

"이것 보아라, 밖에 심정이 있느냐?"

"예, 스님."

"내일 아침 길을 떠날 것이니 행장을 꾸려놓도록 하여라."

심정이가 얼른 대답했다.

"예, 스님."

제자 명덕이 눈을 크게 뜨고 보덕스님을 쳐다보았다.

"아니 스님, 어디…… 를 가시려고 그러시옵니까?"

보덕스님이 혼자말처럼 작은 목소리로 입을 열었다.

"일찍이 부처님이 경계하셨느니라. 권세도 부귀영화도 물거

품같은 것, 저 풀잎에 맺힌 이슬과 같다고……. 헌데 어리석은 중생들이 불속에서 살고 있으니, 탐욕의 불…… 원한의 불…… 어리석음의 불……."

"스님-."

"내 그동안 열반경을 강설하느라고 참선 공부에 게을렀으니 어디 한적한 곳에 들어가서 참선 공부를 해야겠다."

"하오시면 어디 마음 속에 정해두신 산이라도 있으시온지요, 스님?"

"저기 저 대보산으로 들어가 보노라면 마땅한 자리가 있을 것이야."

"하오면 제가 모시고 따라가도록 하겠사옵니다, 스님."

보덕스님이 고개를 저었다.

"아니다. 명덕이 너는 이 반룡사 살림을 맡도록 하고 저 아이 심정이를 데리고 가면 족할 것이니라."

이렇게 해서 보덕스님은 나이 어린 제자 심정이 하나만을 데리고 깊고 깊은 대보산 산속으로 들어가게 되었다.

밤은 깊어가는데 멀리서는 산짐승 우는 소리가 들려오고 있었다.

심정이가 겁에 질린 목소리로 말했다.

"아이고 스님, 이 캄캄한 밤중에 어쩌시려고 이렇게 산속으로, 산속으로만 들어가십니까?"

"공부를 제대로 하자면 깊은 산속이 좋은 법이니라."

"아이고- 집도 절도 없는 산속에서 공부를 어떻게 하신단 말씀이십니까요, 스님?"

"출가수행자에게는 나무 밑이 집이요, 바위 밑이 절간이요, 산천초목 두두물물이 다 부처님이시니라."

걸음을 멈춘 보덕스님이 커다란 바위를 가리키며 말했다.

"자, 그럼 오늘 밤에는 이 바위 밑에서 자도록 하자."

심정이가 눈을 휘둥그렇게 뜨고 보덕스님을 쳐다보았다.

"예에? 아니 이 바위 밑에서요?"

보덕스님은 추악한 세상잡사가 들려오지 않는 대보산 깊숙히 들어가서 바위굴에 터를 정하고는 '시심마, 이 무엇인고'를 화두로 삼아 선정삼매에 들어갔다.

그러던 어느날이었다.

심정이가 보덕스님을 급하게 불렀다.

"스님, 스님, 스니임-"

"조용히 앉아서 참선 공부를 하라고 그랬거늘 무슨 일로 나를 부르느냐?"

심정이가 머리를 긁적이며 말했다.

"솔직히 말씀드려서 무슨 공부를 어떻게 하라는 말씀이신지 도통 모르겠사옵니다요, 스님."

"모르겠다니?"

"스님께서는 '시심마, 이 무엇인고'를 찾으라 하셨사옵니다만 도무지 무엇이 무엇인지 모르겠사옵니다요."

보덕스님이 나직한 목소리로 심정이를 불렀다.

"이것 보아라, 심정아."

"예, 스님."

"방금 내가 부르는 소리를 들은 놈은 과연 무엇이더냐?"

"그, 그야 제 귀가 들었사옵니다요, 스님."

"허면 '제 귀가 들었습니다' 하고 말한 놈은 과연 무엇이던고?"

"그, 그야 제 입이 말씀을 해 올렸습지요."

"허허 그것 참 이상도 하구나."

"무엇…… 이…… 이상하다는 말씀이시옵니까요, 스님?"

"아 인석아, 귀가 들었으면 귀가 말을 해야 할 것이지 어찌해서 입이 말을 했더란 말이냐?"

"……"

"입한테 대답을 하라고 귀가 시키더냐?"

"…… 아, 아, 아닌데요, 스님."

"바로 그렇게 '아닌데요, 스님' 하고 말을 시키는 놈, 그 놈이 대체 무엇인지, 그걸 곰곰히 찾아보란 말이다."

심정이가 다시 고개를 갸우뚱했다.

"그걸 어디서 찾으라는 말씀이시옵니까, 스님?"

"글쎄다……. 저 산속에 있는지, 바로 이 동굴 속에 있는지, 입 다물고 앉아서 곰곰히 한 번 찾아보아라."

심정이가 아직도 잘 모르겠다는 표정으로 말했다.

"하오면 바로 그것을 찾는 것이 참선 공부이옵니까?"

"그래, 바로 그놈을 제대로 찾는 게 참선 공부요, 바로 그놈을 제대로 보고, 제대로 알면 그게 바로 성불이니라."

심정이가 다시 물었다.

"하온데 스님, 어찌하여 꼭 그것을 찾아야만 되옵니까?"

"배 고프면 배 고프다고 졸라대는 놈도 바로 그놈이요, 좋은 물건을 보면 욕심내는 놈도 바로 그놈이요, 미운 사람을 죽이고 싶다고 하는 놈도 바로 그놈이요, 예쁜 사람을 갖고 싶다고 조르는 놈도 바로 그놈이요, 남의 물건을 훔치자고 조르는 놈도 바로 그놈이니, 바로 그놈만 제대로 알고 제대로 보고, 제대로 다스리면, 그게 바로 부처님 세상이요, 극락이니라. 그래서 그놈을 찾으라는 게야. 내 말 알아듣겠느냐?"

"…… 아, 예, 스님, 아, 알겠습니다요."
보덕스님은 갑자기 죽비를 딱 내리쳤다.
심정이가 깜짝 놀라서 기겁을 하였다.
"아이구, 스님!"
"너 이놈 심정아!"
"예, 스님!"
"방금 깜짝 놀란 놈은 대체 무엇이고 대답한 놈은 과연 무엇이던고?"
"……."
"바로 그놈을 찾아보란 말이다. 내 말 알아듣겠느냐?"
"…… 예 스님, 분부대로 그놈을 찾아보겠습니다."
그러나 사람에게 만 가지 나쁜 일을 시키고, 사람에게 만 가지 좋은 일을 시키는 바로 그놈을 나이 어린 사미가 찾아내기란 쉬운 일이 아니었다.
대보산 바위굴에 들어앉아 보덕스님은 밤이고 낮이고 꼼짝하지 않고 선정삼매에 들어 있었다.
그러던 어느날 새벽녘이었다.
꿈인지 생시인지 멀리서 누군가의 목소리가 들려오는 것이었다.
"이것 보시게, 보덕대사!"

보덕스님은 깜짝 놀라서 정신을 차리고 대답했다.
"예? 아, 예. 조사님이시여!"
그러나 모습은 보이질 않고 여전히 목소리만 들려왔다.
"참으로 그대는 이 대보산에 잘 들어오셨으니 어서 굴 밖으로 나와 나를 따라 오시게!"
보덕스님이 두 눈을 커다랗게 뜨고 자세히 보니 희미한 형상이 보이는 듯 했다.
"아 예 조사님, 분부대로 하겠습니다."
보덕스님이 굴 밖으로 나오니, 희미한 형상이 이번에는 숲속을 가리키는 것이었다.
"자 그럼 이번에는 내가 가리키는 바로 저 숲속을 잘 보아두시게."
"아 예 조사님, 양쪽에 큰 전나무가 한 그루씩 서있는 바로 저 숲속 말씀이시옵니까?"
"바로 저 숲속, 저 나무 사이를 파보면 저 땅속에서는 8면7층짜리 석탑이 나올 것이니……."
보덕스님이 놀라서 물었다.
"8면7층 석탑이 저 숲속에 묻혀있다는 말씀이시옵니까?"
"바로 그렇네. 그러니 그대가 바로 저 자리에 그 탑을 다시 일으켜 반듯하게 세워주셔야 할 것이네."

"소승더러 그 탑을 다시 일으켜 세우라 분부하시는 것이옵니까?"

"그대가 이 대보산에 들어온 게 늦기는 늦었네마는 이제라도 그대가 저 탑을 일으켜 세우면 이땅에 부처님 법이 세세생생 끊어지지 아니하고 이어질 것이니 지체하지 말고 여법하게 일으켜 세워주시게."

"알겠사옵니다 조사님, 소승은 조사님의 분부를 반드시 받들어 지키겠사옵니다."

"내 오늘에야 그대를 만나 큰짐을 벗었으니 난 그만 가봐야겠네. 응, 허허허허-."

조사는 웃음을 남기고 사라졌다.

"조사님! 조사님! 조사님!"

보덕스님은 조사를 소리치며 부르다가 번쩍 정신이 들었다.

"어? 아니 이거 내가 꿈을 꾸었구나! 이것 보아라, 심정아, 심정아."

잠을 자던 심정이가 눈을 비비며 일어났다.

"예? 예, 스님."

"날이 밝아오느니라. 어서 나를 따라 오너라. 저 숲속에 나가 봐야겠다. 어서 서둘러라. 어서!"

"예, 스님."

잠에서 깨어난 보덕스님은 꿈이 하도 이상했던지라 제자 심정사미를 데리고 서둘러서 숲속으로 달려나갔다.

그런데 참으로 신묘한 일이었으니, 꿈에 본 전나무 두 그루가 꿈에 본 바로 그 자리 양쪽에 우뚝우뚝 서있고, 그 사이에는 편편한 잡목숲이 우거져 있는 것이었다.

보덕스님이 혼잣말을 하였다.

"그래, 바로 저 전나무 사이라고 그러셨다."

심정사미가 고개를 갸우뚱하며 물었다.

"무슨…… 말씀이시옵니까요, 스님?"

보덕스님은 손가락으로 전나무가 서있는 쪽을 가리켰다.

"바로 저기 저 양쪽에 전나무가 한 그루씩 서있는 게 보이느냐?"

"…… 예. 보이기는 보입니다마는 …… 스님."

"바로 저 두 그루의 전나무 사이 숲속에 8면7층짜리 석탑이 있을 것이니 찾아보도록 하자."

심정사미가 보덕스님을 이상하다는 듯 쳐다보았다.

"예에? 아니 이 산중에 무슨 석탑이 있을 것이라고 이러시옵니까요, 스님?"

심정사미의 물음에는 대답도 하지않고 보덕스님은 말을 이었다.

"나는 오른쪽을 살펴볼 것이니, 너는 왼쪽을 살펴보아라. 막대기로 숲을 헤쳐가면서 잘 살펴보아야 한다. 자 어서 가자."

"아이 참, 느닷없이 웬 석탑을 찾는다고 이러시옵니까요, 스님?"

"허허 어서 찾아보기나 하거라. 어서!"

"아 예 알겠습니다요, 스님."

보덕스님은 오른쪽 전나무 부근을 살펴보고, 나이어린 제자 심정이는 왼쪽 전나무 숲을 헤집기 시작했다.

잠시후 심정사미가 보덕스님을 불렀다.

"스님, 스님."

"왜 그러느냐?"

"이리 좀 와보십시오. 이상스런 돌덩이가 보입니다요."

보덕스님은 얼른 심정사미가 있는 쪽을 쳐다보았다.

"이상한 돌덩이? 그래 내가 가마. 돌덩이가 어떻게 생겼느냐?"

보덕스님은 급히 심정사미가 있는 쪽으로 갔다.

"예 여깁니다요 스님, 바로 이 돌덩이요."

"어디 보자. 아, 아니 이건 참으로 석탑 상륜 부분이로구나. 석탑이 여기 파묻혀 있었구나!"

"아니 그럼 이 돌덩이가 정말로 석탑이란 말씀이시옵니까요,

스님?"

보덕스님이 고개를 끄덕였다.

"파보면 알게 될 것이다마는 이 탑은 분명히 8면7층짜리 석탑일 것이니라. 어서 파내도록 하자."

참으로 신기한 일이었다.

보덕스님이 꿈에 전해들은 그대로 두 그루의 전나무가 서있는 숲속에는 과연 8면7층짜리 석탑이 파묻혀 있는 것이었다.

보덕스님은 사람들을 불러다가 이 7층탑을 여법하게 일으켜 세우고 바로 그 탑 앞에 절을 지어 신령스러울 영자, 탑 탑자, 신령스러운 탑을 모신 절이라는 뜻에서 영탑사라 이름지었다.

이렇게 보덕스님이 숲속에 묻혀있던 7층석탑을 찾아내어 일으켜 세운 뒤 세상사람들은 보덕스님을 가리켜 신통술을 부리는 도인스님이라고 부르게 되었다.

6
지혜로운 눈으로 세상을 보아라

하루는 제자 명덕이 조심스레 보덕스님에게 물었다.
"스님, 스님께서는 과연 신통력을 부리셔서 탑을 찾으셨사옵니까?"
옆에서 듣고 있던 심정사미도 두 눈을 반짝이며 묻는 것이었다.
"스님께서는 천안통을 지니고 계셔서 천 리 밖까지 내다보신다는 소문이 퍼졌사온데 과연 그러시옵니까?"
"이것 보아라, 명덕아! 심정아!"
"예, 스님."
두 제자가 대답을 하자 보덕스님이 나직한 목소리로 입을 열었다.
"나는 여러 대중들에게 부처님의 마지막 설법이신 열반경을 자세히 전해 주었느니라."

"예, 스님."

"부처님께서 유언으로 남기신 마지막 설법 가운데 엄히 금하신 일이 분명히 있었느니라."

"예, 스님."

"청정한 계율을 지닌 비구는 재물의 이익을 남기기 위해서 장사를 하지 말 것이며, 하인을 부리지 말 것이며, 짐승을 기르지 말 것이며, 재물을 멀리 할 것이며, 길흉화복을 점치지 말 것이며, 주술을 부리거나 선약을 만들지 말라고 금하셨다."

"예, 스님."

"어리석은 중생들에게 길흉화복을 점쳐주는 일, 신통이니 천안통이니 하여 중생을 미혹케하고 재앙을 막게 해준다 하여 재물을 얻어내는 일, 이것은 부처님께서 엄히 금한 일이거늘 감히 어찌 출가수행자가 흉내인들 내서 될 일이겠느냐?"

"하오면 스님……"

"너희들은 잠자코 들어 명심해야 할 것이니……"

"예, 스님."

"오랜 수행을 통해 지혜를 얻게 되더라도 너희들은 결코 신통술이니 천안통이니 그런 삿된 말을 입에 담아서는 아니될 것이며……"

"예, 스님."

"중생들의 환심을 사기 위해서 점을 쳐주거나 길일을 잡아주거나 부적을 만들어 주어서는 아니될 것이니, 이런 삿된 짓을 일삼는 자는 비록 삭발출가를 하여 염의를 입었다고 하더라도 결코 부처님의 제자가 아니요, 부처님을 팔아먹는 마구니임을 잊어서는 아니될 것이다!"

"예, 스님."

심정이가 머뭇거리며 다시 물었다.

"하, 하오나 스님, 스님께서는 훗날 일어날 일을 미리 다 내다보고 계시는데 그것이 바로 천안통이나 신통술이 아니시옵니까?"

보덕스님이 심정이를 쳐다보았다.

"훗날 일어날 일을 미리 아는 비법을 알고 싶다는 게냐?"

심정이가 보덕스님의 얼굴을 살피며 조심스럽게 대답했다.

"예 스님, 알고 싶사옵니다."

"허면, 예불을 끝내고 내방으로 오너라. 너희에게 그 비법을 일러줄 것이니라!"

훗날 일어날 일들을 미리 훤히 내다보는 비법을 스님께서 일러주겠다고 했으니 두 제자는 그야말로 기대에 부풀어서 저녁예불을 마치자마자 보덕스님 앞에 무릎을 꿇고 앉았다.

두 제자를 가만히 쳐다보던 보덕스님이 입을 열었다.
"너희들은 잘들 들어라."
"예, 스님."
"출가득도하여 수행하는 수행자건 속가의 자기집에서 살고 있는 사람이건, 훗날 일어날 일을 미리 아는 데는 천안통이나 신통력이 소용되는 게 아니라 지혜가 있어야 되는 것이다."
심정이가 눈을 크게 뜨고 물었다.
"하오면 지혜란 어떤 것이온지요, 스님?"
"지혜란 바로 내 눈앞에 있고, 내 손안에 있고, 내 발밑에 있으니 결코 멀리 가서 찾을 것이 아니거든, 어리석은 중생들은 엉뚱한 다른 곳을 헤메고 다니는구나."
제자 명덕이 물었다.
"하오면 그 지혜는 어떻게 찾아야 되는 것이온지요, 스님?"
"어리석은 범부 중생들은 눈이 내리고 얼음이 얼어붙어서야 겨울이 온줄을 안다. 허나 지혜로운 사람은 오동나무 잎이 지는 것을 보고도 겨울이 올 것을 미리 아나니, 바로 이런 사람을 지혜로운 사람이라 하는 것이다."
심정이가 별것 아니라는 듯이 말했다.
"그, 그거야 스님, 가을 다음에는 겨울이 오는 것이야 누구나 다 아는 것 아니겠습니까요?"

보덕스님이 입가에 웃음을 머금으며 말했다.

"겨울이 오는 것을 뻔히 알면서도 땔나무를 미리 장만해두지 아니하는 사람을 너는 과연 지혜로운 사람이라 부르겠느냐?"

제자 명덕이 대답했다.

"그, 그야 어리석은 사람이라 부르겠습니다."

"장사하는 사람도 그렇느니라. 번번히 나쁜 물건을 팔고 비싸게 팔면 종국에는 나쁜 소문이 멀리 퍼져서 그 장사는 망하게 될 것이 뻔한 일이거늘, 그것을 알지 못하고 나쁜 짓을 되풀이 하고 있으면, 이 장사꾼은 과연 지혜로운 사람이라고 할 수 있겠느냐?"

심정이가 대답했다.

"그, 그야 어리석고 멍청한 장사꾼이라 하겠습니다."

"세상만사가 다 이와 같으니, 어떤 집안의 어른이 농사철에 씨를 뿌리지도 아니하고, 김 매는 철에 김도 매지 아니하고 주막에만 들락거리면서 투전만 하고 있다면, 그 집안은 장차 망하게 될 것이니, 어리석은 사람은 망한 뒤에야 그 이치를 알고, 지혜로운 사람은 그 이치를 미리 알아서 발길을 끊나니, 너희들은 어찌 생각하느냐? 망해보아야만 나쁜 일인줄 알 수 있겠느냐?"

이번에는 두 제자가 같이 대답했다.

"아, 아니옵니다. 미리 알 수 있겠사옵니다."
보덕스님은 고개를 끄덕이더니 제자들에게 다시 묻는 것이었다.
"너희들은 어찌 생각하느냐? 너희들이 물에 빠져 오백을 셀 동안 나오지 아니하면 과연 너희는 살겠느냐, 죽겠느냐?"
심정이와 제자 명덕이 서로 얼굴을 쳐다보다가 심정이가 대답했다.
"그야 물론 죽을 것이옵니다."
"지혜로운 사람은 물에 빠져 죽어보지 아니하고도 미리 그것을 안다. 그렇지 아니하더냐?"
"그렇사옵니다, 스님."
"너희들은 벌써 지혜로운 사람이 되어가고 있으니 다행스런 일이니라."
심정이가 고개를 설레설레 저으며 말했다.
"아이, 아니시옵니다요 스님, 과찬의 말씀이시옵니다."
"지혜로운 눈으로 세상을 보면, 세상만사 후사가 훤히 다 보이는 법. 너희들은 마땅히 부지런히 공부하여 지혜로운 수행자가 되어야 할 것이다."
두 제자가 공손히 대답했다.
"예 스님, 명심하여 부지런히 정진하겠습니다."

보덕스님이 제자들을 지도하며 영탑사에 머물고 있을 때의 일이다.

이때는 이미 고구려의 왕권을 연개소문이 한 손에 틀어줘고 보장왕은 말만 왕이였지 허수아비나 다름이 없었으니 세상만사는 연개소문 마음대로였다.

겨울 바람이 몹시도 불던 어느날, 성안에 갔던 제자 명덕이 돌아왔다.

"스님, 명덕이가 돌아왔사옵니다."

"어 그래, 어서 들어오너라."

"예."

제자 명덕이 방으로 들어와서 방문을 닫자 보덕스님이 급히 물었다.

"그래 성안에 별다른 소식은 없었더냐?"

제자 명덕이 걱정스럽게 말했다.

"말씀마십시오 스님, 소문을 듣자하니 머지않아 우리 절집안에 북풍한설이 몰아닥칠 모양입니다요."

보덕스님이 눈을 크게 뜨고 물었다.

"그건 또 무슨 소리던고? 우리 절집안에 북풍한설이 몰아닥칠 것이라니?"

제자 명덕이 급히 대답했다.

"글쎄 말씀입니다요 스님, 듣자하니 그 연개소문이 말씀이에요, 아 글쎄…… 연개소문이가……."

보덕스님이 제자 명덕에게 손을 저으며 말했다.

"아 인석아, 내가 언제 그 연개소문의 안부를 물었더냐? 검정개 소문이건 연개소문이건 그런 것은 듣고 싶지 않으니 절집 안에 불어닥칠거라는 북풍한설 그 얘기나 해봐."

"아 예, 그러니까 그 연개소문이가 태대로라는 벼슬로는 양이 차질 않았던지 태태대로라는 더 높은 벼슬을 만들어 차지하고 왕을 팥고물 주무르듯 제멋대로 움직이면서, 알고보니 말씀입니다요 스님……."

"허허 이 녀석, 너 지금 대체 무슨 소릴 하려는 게야?"

"글쎄 제 말씀을 들어보십시오 스님, 아 그 연개소문이가 왕을 꼭두각시로 만들어놓고, 불교와 유교 둘만 가지고는 나라를 다스릴 수 없으니 중국의 도교를 들여와야 한다고 당나라에 사신을 보냈다고 합니다요."

보덕스님의 눈이 휘둥그레졌다.

"무엇이라고? 아니 이 나라에 감히 도교를 들여온다고? 허허 이거 나라가 망하려니 별 해괴한 일이 다 벌어지는구먼!"

고구려 왕실에서 중국의 도교를 공식적으로 들여오기 위해 당나라에 사신까지 보냈다는 소리를 듣고 보덕스님은 그날 밤

을 뜬눈으로 새웠다.

"연개소문이가 왕실을 움직여서 중국의 도교를 들여온다고? 허허 이것 참 보통 변고가 아니로구먼! 이것 보아라, 심정이 너 자고 있느냐?"

심정이가 대답했다.

"아, 아니옵니다. 스님께서 주무시지 아니하시니 저도 아직 잠들지 못하였사옵니다."

"너 이리 좀 건너 오너라."

"예."

심정이가 보덕스님의 방으로 건너와서 말했다.

"분부 내리십시오, 스님."

"내가 여기 서찰을 몇 통 써두었으니 만일 내가 내일 밤까지 돌아오지 아니하거든, 이 서찰들을 여기 적힌 사찰에 전해야 할 것이니라."

심정이가 어리둥절한 표정으로 물었다.

"예 스님. 하온데, 내일 아침 스님께서는 어디로 출타를 하시는지요?"

"왕궁에 들어가서 임금님을 만나뵐 것이니라."

심정이는 놀라서 자기도 모르는 사이에 목소리가 커졌다.

"예에? 스님께서 임금님을 만나뵈신다구요?"

"그래. 천하에 대역죄를 지은 연개소문이가 왕을 꼭두각시로 만들어 천하를 주무르더니 이젠 아주 중국에서 도교까지 끌어들여 나라를 망치게 한다니 이거야 어디 그냥 보고 있을 수 있겠느냐?"

"하오시면 스님께서는 태태대로가 되었다는 바로 그 연개소문과 맞서려 하시옵니까?"

"너는 잘 모를 것이다마는 도교가 성하면 불교도 망하고 나라도 망한다!"

심정이의 눈이 다시 휘둥그레졌다.

"불교도 망하고 나라도 망한다니요, 스님?"

"이백여 년 전 중국 북위 시절에 최호라는 자가 태무제를 꼬여서 도교를 믿게 하더니, 나중에는 불교 사찰을 빼앗고 불을 지르고 경전을 불태웠으며 승려들을 잡아다 죽이기까지 했었느니라. 그러더니 결국에는 그 북위나라가 멸망하고 말았더니라."

심정이가 걱정스러운 얼굴로 말했다.

"아이구 그러면 그 도교가 우리나라에 들어오는 것을 막기는 막아야 하겠습니다요, 스님."

"그래서 내가 내일 아침에 죽기를 각오하고 왕궁에 들어갈 것인즉, 심정이 너는 그리 알고 만일 내가 내일 밤이 되어도

돌아오지 아니하거든 어김없이 이 서찰들을 여기 적힌 사찰에 전해야 할 것이다. 내 말 알아들었느냐?"

심정이가 고개를 끄덕이며 대답했다.

"예 스님, 어김없이 전할 것이오니 서찰은 조금도 염려하지 마십시오. 하온데, 스님?"

"무슨 말이더냐?"

"그렇게 나쁜 도교가 들어온다 하면, 소승 비록 나이는 어리오나 죽기를 각오하고 막고자 하오니 부디 저도 왕궁에 함께 데려가 주십시오, 스님."

보덕스님은 물끄러미 심정이를 쳐다보다가 입을 열었다.

"네 뜻은 가상타 하겠으나 그것은 안될 일. 너는 절에 남아 있다가 후사를 도모해야 할 것이니라."

"하오나, 스님."

"만일의 경우, 불가의 종자가 끊어지면 안될 일. 너는 내가 시킨대로 절에 남아서 반드시 후사를 도모해야 할 것이니, 이 점을 촌시도 잊어서는 아니될 것이다. 내 말 알아듣겠느냐?"

"예 스님, 명심하겠습니다."

7
도교를 막으러 왕궁으로

다음날 아침, 보덕스님은 비장한 각오로 부처님께 하직 인사를 올리고 보장왕을 만나기 위해 제자 명덕을 데리고 영탑사를 나섰다.

제자 명덕이 보덕스님을 쳐다보며 걱정스럽게 말했다.

"스님, 제발 한 번 더 생각을 해보시지요."

"무슨 생각을 더 해보라는 말이더냐?"

"보장왕께서는 말로만 임금이시지 실권은 태태대로인 연개소문이 한 손에 쥐고 있사옵니다."

"그래서 내가 찾아가 담판을 하겠다는 게 아니겠느냐?"

"연개소문과 담판을 하시겠단 말씀이시옵니까, 스님?"

"보장왕도 배알할 것이요, 태태대로 아니라 태태태대로라도 만날 것이니라."

"그러다가 무슨 봉변이라도 당하시면 대체 어찌 하시려고 이러시옵니까요, 스님?"

이렇게 제자 명덕이 만류를 해도 보덕스님은 막무가내였다.

"봉변은 무슨 봉변, 출가승려가 부처님을 지키고 중생들을 지키려다 목숨을 잃는다면 이는 부처님과 조사님들의 혜명을 따르는 것이니 상관할 게 없느니라."

제자 명덕은 걱정이 되어서 자꾸만 보덕스님을 만류하는 것이었다.

"하오나 스님, 연개소문은 영류왕을 시해하고 궁안을 피바다로 만든 무서운 자이옵니다."

"그자의 성미가 어떠한지는 나도 이미 들어서 잘 알고 있다. 허나 이 늙은 중은 이미 죽기를 각오했거늘 더 이상 무서운 게 어디 있겠느냐?"

제자 명덕이 할 수 없다는 듯 말했다.

"하오면 스님, 소승은 대체 어찌 해야 옳겠습니까, 하교하여 주십시오."

"왕궁에서는 나는 들여보내줄지언정 명덕이 너까지는 들여보내주지 아니할 것이다."

"그, 그야 그렇겠지요."

"그러면 너는 왕궁 앞에 지키고 서 있다가 밤이 되어도 내가

살아서 나오지 아니하거든 곧바로 영탑사로 돌아가 내가 서찰 속에 일러둔대로 후사를 도모하도록 해야 할 것이다. 내 말 알겠느냐?"

제자 명덕이 비장한 각오를 한 듯 목소리가 격앙되어서 대답했다.

"예 스님, 소승도 죽기를 각오하고 스님의 분부대로 따르겠습니다."

보덕스님은 제자 명덕을 궁 밖에 남겨둔 채 보장왕을 직접 배알하기 위해 궁안으로 들어갔다.

그러나 예나 지금이나 권력의 주변에는 인의 장막이 첩첩산중이라 왕을 직접 배알하는 것은 그렇게 쉬운 일이 아니었다.

보덕스님은 그날 까다로운 절차를 밟느라고 한나절을 보낸 다음에야 겨우 태태대로의 방으로 안내되었다.

당시 고구려 최고의 벼슬인 태태대로는 요즘의 국무총리쯤 되는 벼슬이었다.

원래는 태대로라는 벼슬이 가장 높았는데 연개소문이 영류왕을 시해하고 실권을 잡은 뒤, 스스로 태자 하나를 더 붙여서 태태대로라고 칭하게 되었다고 삼국사기에 기록되어 있다.

이날 보덕스님은 당시 왕실의 실권자였던 연개소문을 만나게 되었다.

보덕스님을 보자 연개소문이 호탕하게 웃었다.

"하하하하, 말로만 듣던 천하도승 보덕대사를 오늘에야 만나 보게 되는구료. 자, 어서 이쪽으로 앉으시오."

"고맙소이다."

"듣자하니 대사께서는 천문 지리에 달통한 것은 물론이요, 타심통, 천안통, 축지법까지 자유자재라 하시던데?"

"아니옵니다. 소승, 산속에나 들어앉아 부처님의 자비로우신 가르침을 배우고 있을 뿐, 달통한 것은 그저 아궁이에 불지피는 것 밖에는 아무것도 없습니다."

"허허 그러시지 말고 어디 한 번 털어놓아 보시오. 과연 어찌 될 것 같소이까? 우리 고구려의 국운이 말이오."

"우리 고구려의 국운이야 대왕마마와 태태대로의 손안에 달린 일, 감히 어찌 산속의 소승이 짐작이나 할 수 있겠습니까?"

"하하하하 대사는 과연 보통 승려가 아니시로구먼. 그래요, 응, 하하하하……

하지만 두고 보시오, 우리 고구려는 위로는 중국 땅을 모조리 차지할 것이요, 아래로는 신라와 백제를 쳐부셔서 하나로 만들 것이오!"

"소승 그저 국운이 융성하여 만백성이 태평세월을 누리게 되도록 축원할 따름이옵니다."

연개소문이 고개를 끄덕이며 말했다.

"잘 생각하셨소이다. 헌데, 오늘은 대체 어인 일로 어려운 걸음을 하셨소이까?"

"예, 소승, 대왕마마께서 등극하신 후 문안도 드리지 못했기에 문안을 올리고자 찾아왔습니다."

"그것 참 잘 생각하셨소이다. 기왕에 문안을 올리는 김에 축원도 함께 올려주도록 하시오."

"예, 소승 그리하도록 하겠습니다."

"이것 보아라, 거기 누구 없느냐?"

"예, 여기 대령하고 있사옵니다."

"영탑사 도인 보덕대사께서 여기에 와 계시거니와 네가 친히 모시고 가서 대왕마마께 문안을 올리고 축원을 올리도록 해라."

"예, 분부대로 거행하겠사옵니다."

이렇게 해서 보덕스님은 보장왕을 배알할 수 있게 되었다.

이날 보장왕은 보덕스님의 문안 인사가 끝나고 축원을 올리고 나자 친히 묻는 것이었다.

"대사, 불교는 대체 어떤 교인가?"

"대왕마마께서 소승에게 불도가 어떤 교인지 하문하셨으니 소승이 소상히 말씀해 올리도록 하겠사옵니다."

"그리 하시오, 대사."

"불교는 석가모니 부처님의 교설을 배우고 믿고 의지하는 교이온 바……."

보장왕이 다시 물었다.

"허면 그 석가모니 부처님은 대체 어떤 분이셨소?"

"예, 석가모니 부처님은 본시 서역의 가비라 왕국의 태자로 태어나신 분이온데 스물아홉에 왕궁을 떠나 6년간의 설산고행을 하신 끝에 깨달음을 얻으시고 이 사바세상의 고해중생을 건지시기 위해 장장 45년이라는 세월동안 설법을 하고 돌아다니신 분이시옵니다."

"대체 어떤 설법을 45년이나 하셨더란 말이시오?"

"예, 이 사바세상의 고해중생을 건지시기 위한 자비로운 설법이셨습니다."

"고해중생이라니, 그것은 또 무슨 말씀이신지, 학식이 얕은 나로서는 알지 못하겠으니 좀 더 소상하게 일러 주시오, 대사."

"예 대왕마마, 소승 소상히 말씀 올리도록 하겠사옵니다."

보덕스님은 차근차근 설명을 시작하였다.

"석가모니 부처님께서는 우리가 살고 있는 이 사바세상을 괴로움의 바다로 보셨습니다."

"괴로움의 바다라?"

 "그렇사옵니다. 대왕마마. 세상에 태어나는 것도 괴로움이요, 늙고 병드는 것도 괴로움이요, 죽는 것 또한 괴로움이며, 사랑하는 사람과 헤어져야 하는 것도 괴로움이요, 미워하는 사람을 만나는 것도 괴로움이며, 얻고자 하는 것을 얻지 못하는 것 또한 괴로움이니 세상살이 모두가 고해라는 말씀이셨습니다."
 보장왕이 고개를 끄덕이며 말했다.
 "허허 듣고보니 그 말씀은 과연 맞는 말씀인것 같소. 허면, 대체 어찌해야 사람이 그 고해에서 벗어날 수 있다고 하셨는지 그걸 소상히 일러 주도록 하시오, 대사."
 "예, 대왕마마. 대왕마마께서 친히 하문하셨으니 소승, 소상하게 말씀 올리도록 하겠사옵니다."
 보장왕이 불교의 교리를 친히 물어주었으니, 보덕스님은 그 야말로 물고기가 물을 만난듯이, 나비가 꽃을 만난듯이 환희심을 일으켜 알기 쉽게 설명하기 시작했다.
 "일찍이 석가모니 부처님께서는 이 사바세계의 모든 중생들이 지니고 겪고 있는 근심, 걱정, 괴로움은 느닷없이 하늘에서 굴러 떨어진 것이 아니요, 땅속에서 저절로 솟아난 것이 아니라고 말씀하셨습니다."
 "허면, 그 많은 근심 걱정 괴로움은 대체 어디서 왔다는 말씀이시오, 대사?"

"부처님께서 이르시기를, 이 사바세계 중생들의 근심 걱정 괴로움은 반드시 그 까닭이 있다고 이르셨으니, 콩을 심으면 콩이 나고, 팥을 심으면 팥이 나듯이 근심 걱정 괴로움도 그 씨앗을 스스로 심은 까닭이라 하셨읍지요."

보장왕이 물었다.

"근심 걱정 괴로움은 저절로 생겨나는 것이 아니라 그 씨앗을 스스로 심었다는 말씀이시오?"

"그렇사옵니다, 대왕마마. 등불이 기름과 심지를 인연하여 켜지듯이 사람이 나고 죽고 괴로운 것도 열두 가지 인연에 의해 일어나고 사라진다 하셨사옵니다."

"인연이라…… 인연이라……."

"그렇사옵니다, 대왕마마."

"허면 대체 그 많은 근심 걱정 괴로움에서 벗어나려면 어찌해야 한다고 이르셨소, 대사?"

"예, 대왕마마. 부처님께서는 이 사바세상의 모든 중생들이 근심 걱정 괴로움에서 영원히 벗어나는 여덟 가지 길을 가르쳐 주셨고 여섯 가지 방법을 일러주셨사옵니다."

갑자기 보장왕의 눈이 빛났다.

"그럼 어디 그 여덟 가지 길이 과연 무엇무엇이며 여섯 가지 방법은 또 과연 무엇인지, 대사가 한 번 소상히 일러 보시오."

"성은이 망극하옵니다, 대왕마마. 부처님께서 가르쳐주신 여덟 가지 바른 길은 바른 견해, 바른 생각, 바른 말, 바른 행위, 바른 생활, 바른 노력, 바른 기억, 바른 선정이옵니다."

"그러면 또 여섯 가지 방법은 무엇무엇이라 하셨소, 대사?"

"예, 대왕마마. 헐벗고 굶주린 중생에게 먹을 것과 입을 것을 나누어주는 일이니 이것을 일러 보시 바라밀이라 하셨고, 이 사바세계에 살아있는 모든 목숨을 빼앗지 말 것이며, 거짓말 하지 말 것이며, 훔치지 말 것이며, 사음하지 말 것이니 이러한 계율을 지키라 하셨는 바, 이를 바로 지계 바라밀이라 하셨사옵고, 무슨 일에도 성내지 말고 원한을 품지 말 것이며 참고 견디라 하셨으니, 이를 일러 인욕 바라밀이라 하셨습니다."

보장왕이 고개를 끄덕이며 말했다.

"그리고 또 다른 방법은 무엇이 있소, 대사?"

"예 대왕마마, 그 다음에는 무슨 일을 하던지 게으름을 피우지 말고 부지런히 열심히 하라 이르셨으니 이를 일러 정진 바라밀이요, 좋은 일에나 나쁜 일에나 마음 흔들리지 말고 항상 고요히 머물라 이르셨으니 이를 일러 선정 바라밀이요, 눈에 보이는 것, 손으로 만져지는 것, 이 세상 모든 것은 다 무상함을 알아 집착함이 없으라 하셨으니 이를 일러 지혜 바라밀이라 하셨사옵니다."

"허허 거 듣고 보니 심오하기 짝이 없구료. 헌데 말이오, 대사."

"예, 대왕마마."

"부처님을 믿고 불도를 닦으면 가정이 화목하고 번성하며 나라가 평안하고 국운이 융성한다는 소문을 퍼뜨렸다 하던데 그 소문은 과연 어쩐 까닭이오?"

"새삼 말씀올리기 황송하옵니다마는 사람마다 여덟 가지 바른 길을 걸어가고, 사람마다 여섯 가지 좋은 일만 하면서 살아간다면 어찌 가정이 화목치 아니할 것이며, 어찌 가문이 번성치 아니할 것이며, 어찌 나라가 평안하고 국운이 융성치 아니할 수 있겠사옵니까?"

"허면, 왕실과 백성이 두루두루 불도를 믿고 닦으면 국태민안, 태평성대가 이루어질 것이다 이런 말씀이시오, 대사?"

보덕스님이 보장왕을 쳐다보며 대답했다.

"그렇사옵니다, 대왕마마. 하온데 소승이 듣자오니 왕실에서는 중국의 도교를 불러들인다는 소문이니 어찌된 말씀이시온지요?"

보장왕이 보덕스님을 잠시 쳐다보다가 말했다.

"태태대로가 이르기를 큰 솥에 발이 셋 달려있듯이 지금 중국에서는 불교, 유교, 도교가 정립하여 나라를 다스리는 데 편

리함이 있다고 하였으니 그래서 도교를 받아들이려 하는 것이오."

보덕스님이 고개를 설레설레 저으며 말했다.

"아니옵니다, 대왕마마. 만일 우리나라에서 무작정 도교를 받아들이게 되면 그 폐해가 막심할 것이오니 통촉하여 주시옵소서."

보장왕이 눈을 크게 뜨고는 보덕스님을 바라보았다.

"도교를 받아들이면 그 폐해가 막심할 것이라니, 그건 또 무슨 말씀이시오, 대사?"

보덕스님은 간곡하게 설명하였다.

"대왕마마께서 윤허하여 주신다면 소승이 아는 바를 소상히 말씀올리고자 하옵니다."

"내 허락할 것이니, 어디 한 번 일러 보도록 하시오, 대사!"

도교에 대해서 아는 바를 소상히 일러보라는 보장왕의 허락을 받은 보덕스님은 다시 한 번 보장왕에게 예를 갖춘 뒤에 차근차근 말하기 시작했다.

"소승이 수 년전에 부처님의 열반경을 구해올 생각으로 중국 땅에 들어갔다가 자칭 도교라고 일컫는 무리들의 폐해를 목격한 바가 있었습니다."

보장왕은 보덕스님의 말을 귀기울여 듣는 것이었다.

"본시 중국 땅에서 아주 오랜 옛날부터 신선 사상을 바탕으로 해서 일어난 도가 사상은 아주 훌륭한 것이었습니다마는, 난세가 거듭되면서 도가 사상을 등에 업고 자칭 도교를 창시하여 무속과 방술을 가미하고 불로장생을 주장하면서 혹세무민하는 무리들이 너도 나도 무리를 이루더니 근자에는 속칭 오두미교라 하여 이 교에 입교하려면 쌀 다섯 말을 갖다 바쳐야 한다면서 백성들의 재물을 긁어 모아들이고 있습니다.

이들이 하는 수작은 저 훌륭한 노자의 도덕경이나 도가 사상과는 아무 상관도 없는 사마외도인 바, 이들은 백성들에게 병을 고쳐준다 해서 모여들게 하고, 천신, 지신, 수신에게 참회문을 써서 바치게 하고, 부적을 먹이기도 하고, 기도를 하게 해서 신선이 되게 한다 하니, 그 폐해가 실로 극심한 줄로 아뢰옵니다."

보덕스님이 도교를 빙자한 오두미교에 대해서 여기까지 말했을 때였다.

당시 왕권을 한 손에 쥐고 흔들던 막강한 실력자 태태대로가 사람을 시켜 보덕스님을 밖으로 불러내는 것이었다.

그리고는 큰 목소리로 말하는 것이었다.

"이것 보시오, 대사!"

"예, 말씀하시지요."

"밖에서 듣자하니 대사께서 도교에 대한 비방이 지나치시던데?"

보덕스님은 조금도 동요하지 않고 연개소문을 똑바로 쳐다보며 말했다.

"태태대로께서 들으신대로 소승, 사실만을 말씀드렸을 뿐, 비방이나 중상모략은 한 일이 없사옵니다."

연개소문은 탁자를 내리치면서 목소리를 높였다.

"이것 보시오, 대사! 어찌해서 도교를 들여오면 아니된다는 말이시오?"

보덕스님은 조금도 흔들림이 없이 따지듯이 물었다.

"소승이 목격한 바로는 노자나 장자를 신봉하는 도가 사상은 깊은 산속으로 들어가 있었고, 그 도가 사상을 팔아먹고 사는 삿된 무리들이 오두미교를 창시해서 어리석은 백성들을 속이고 있었는데, 과연 그 삿된 교를 우리나라에 들여다가 어찌하시겠다는 말씀이시옵니까?"

연개소문이 조금은 누그러진 목소리로 말했다.

"그러면 어디 한 번 물어봅시다. 그 교의 어떤 점이 나쁘다는 말씀이시오?"

보덕스님의 목소리는 자신도 모르는 사이에 점점 커지고 있었다.

"그자들은 저 훌륭한 노자와 장자의 도가 사상을 훔쳐다가 간판으로 삼고 엉뚱하게도 오두미교를 창시해서 그 우두머리는 스스로 하늘에서 점지한 스승이라고 하여 천사라고 부르게 하고 있습니다. 하늘 천자, 스승 사자, 하늘에서 보낸 스승이란 뜻이지요."

"그래서요?"

"스스로 하늘의 스승이라 칭한 것부터가 속임수이지요. 게다가……"

연개소문이 화를 참는 듯한 목소리로 재촉했다.

"게다가 또 무엇이란 말인지 어디 한 번 더 들어봅시다."

"쌀 다섯 말을 바치고, 천신, 지신, 수신에게 참회문을 써서 바치며, 부적을 먹고 기도만 하면 누구나 불로장생하고 신선이 된다고 하였으니, 이는 살인자도 불로장생하고 신선이 되며, 도적놈도 불로장생하고 신선이 된다는 것이니, 이런 말이 세상에 퍼져 백성들이 이 교를 믿으면 세상은 과연 어찌 되겠소이까?"

연개소문이 빈정거리듯 말했다.

"그거야, 불도에서도 불도를 믿고 닦으면 극락에 간다고 그러지 않소이까?"

보덕스님이 머리를 저었다.

"우리 불가에서는 살인자도 도적도 무조건 불도만 믿고 닦으

면 극락에 간다고는 가르치지 않소이다."

"그러면 대체 불도에서는 어떻게 가르치고 있단 말이시오?"

"콩을 심으면 콩이 나고, 팥을 심으면 팥이 나듯이, 악한 일을 많이 하고 죄를 많이 지은 자는 반드시 그 과보로 지옥에 떨어질 것이요, 착한 일, 좋은 일을 많이 한 사람은 반드시 그 과보로 극락에 태어난다 하였습지요."

연개소문이 보덕스님을 쳐다보며 물었다.

"아니 그러면 죄지은 사람이 잘못을 뉘우치고 부처를 믿어도 아무 소용이 없다는 말이시오?"

"한 사람을 죽인 자가 그 잘못을 뉘우치고 참회하더라도 참회만 하고 부처만 믿어가지고는 아무 소용이 없습니다. 만일 한 사람을 죽인 죄를 지었거든 그 죄를 참회하고 열 사람을 살리고, 백 사람을 살리고, 천 사람, 만 사람을 살려야 비로소 극락에 태어날 수 있을 것이요, 만일 남의 쌀 한 말을 훔친 일이 있거든 진실된 마음으로 참회하고 열 배, 백 배, 천 배, 만 배로 갚아야만 그 죄가 없어질 수 있을 것이라 하였으니 실로 부처님의 가르침은 이렇듯 한 치 한 푼도 도리에 어긋남이 결코 없사옵니다."

보덕스님의 말이 끝나자, 연개소문이 입가에 가벼운 미소를 지으며 말했다.

"하지만 대사, 이미 때가 늦었소이다."

보덕스님이 연개소문을 쳐다보며 물었다.

"때가 이미 늦었다니, 대체 무슨 말씀이시옵니까?"

"나라를 다스리고 후사를 도모하자면 여러 가지로 소용되는 점이 있기 때문에 도교를 받아들이기 위해 사신을 이미 중국에 보냈소이다."

보덕스님이 비명을 지르듯 말했다.

"아니되십니다, 아니되십니다. 지금이라도 곧 사신을 되돌려 세우십시오!"

삼국유사와 삼국사기의 기록에 의하면 이때 영류왕을 시해하고 보장왕을 세운 연개소문은 권력유지를 위해 불교와 유교의 세력을 약화시키고, 도교를 받아들여 권력을 떠받들게 하려는 생각에서 중국의 도교를 들여오게 했다는 것이다.

그러니 더욱 보덕스님이 순순히 물러설 수만은 없는 일이었다.

"태태대로님께 다시 한 번 말씀드리거니와 삿된 교가 이 나라에 들어오면 그 폐해가 극심할 것이온즉 다시 한 번 살펴 생각하여 주십시오."

연개소문이 얼굴을 찌푸리며 물었다.

"이것 보시오 대사, 대사께서는 말끝마다 삿된 교, 삿된 교,

하시는데 대체 무슨 근거로 삿된 교라 하시는 겁니까?"

 "하오면 소승, 태태대로님께 여쭙고자 하니 대답해 주십시오."

 연개소문이 짜증스럽게 말했다.

 "무슨 말인지 어디 들어나 봅시다."

 "어떤 사람이 밭에다 곡식 씨앗을 뿌리지 아니했는데, 가을에 곡식을 수확하게 될 것이라고 호언장담하는 사람이 있다면 태태대로께서는 그 사람의 말을 삿되다 하시겠습니까, 아니면 옳다고 하시겠습니까?"

 연개소문이 별것을 다 묻는다는 표정으로 말했다.

 "그거야 물론 삿된 소리지요."

 "하오면 어떤 사람이 사람의 목숨을 많이 죽였는데 그 사람이 장차 좋은 복을 많이 받을 것이라고 한다면 그 말을 믿을 수 있겠소이까?"

 보덕스님의 물음에 연개소문이 갑자기 화를 버럭 내는 것이었다.

 "이것 보시오, 대사! 듣자 듣자하니까 못하는 소리가 없구먼! 바로 내가 왕을 시해하고 수많은 사람을 죽였으니 그 앙화를 받을 것이다 그런 말이오?"

 "아, 아, 아니옵니다. 소승은 그저 세상 이치가 그렇다는 말씀이지요."

보덕스님이 아차 싶었으나 때는 이미 늦은 듯 했다.

연개소문의 얼굴은 붉으락 푸르락 노기가 등등했다.

"더 이상 듣기 싫소! 그만 썩 궁에서 나가시오!"

보덕스님이 낮은 목소리로 간절히 말했다.

"부디 노여움을 거두십시오. 소승이 태태대로님을 위해서 한 말씀 올리고자 합니다."

연개소문이 보덕스님을 쳐다보았다.

"나를 위해서요?"

"그렇사옵니다."

연개소문이 화를 누그러뜨리며 대답했다.

"무슨 소린지 어디 해 보시오."

"옛부터 피묻은 칼끝에는 원한이 따른다 하였사오니 부디 태태대로께서는 자비로움으로 세상을 감싸주십시오. …… 나무관세음보살…… 나무관세음보살……."

보덕스님은 더 이상 아무 말도 못하고 왕궁을 물러 나오고 말았다.

이날 보덕스님은 왕궁 앞에서 속을 태우며 기다리고 있던 제자 명덕에게도 가타부타 아무런 말이 없었다.

영탑사로 돌아와서도 아무런 말이 없었으니 철없는 어린 제

자 심정이가 속이 답답해서 견디다 못해 스님 앞에 무릎을 꿇고 앉았다.

"스님, 스님-"

보덕스님은 한참만에야 겨우 대답을 하는 것이었다.

"…… 그래, 무슨 볼 일이 있더냐?"

"아이 저, 볼 일이 있는 것이 아니오라요. 스님께서 왕궁에 가신 일이 어찌 되셨는지 그게 궁금해서요."

잠시 심정이를 물끄러미 쳐다보던 보덕스님이 조용히 입을 열었다.

"심정이 네가 걱정할 일이 아니니, 니는 너 할 일이나 하도록 하여라."

심정이가 걱정스런 목소리로 말했다.

"하, 하오나 스님, 스님의 안색을 살펴 뵈옵자니 일이 아무래도 심상치가 않으신 것 같아서요, 스님."

그제서야 얼굴색이 밝아진 보덕스님이 심정이를 쳐다보았다.

"허허허허- 이 녀석 심정아."

"예, 스님."

"네가 이 녀석, 언제부터 그렇게 얼굴색을 보고 점치는 법을 배웠더냐?"

보덕스님의 얼굴색이 밝아지자 심정이가 신이 나서 말했다.

"아, 아니옵니다요 스님, 옛말에도 서당개 삼년이면 풍월을 읊는다고 했으니 저도 스님 밑에서 공부하다 보니 천안통은 아직 멀었사옵니다만 십안통은 배웠나 보옵니다요, 예 스님."

심정이가 너스레를 떨자 보덕스님이 웃으며 말했다.

"에이끼 이 녀석, 네 녀석이 벌써 십안통을 배웠어?"

"에이 스님께서도…… 저도 인제 그만한 눈치쯤은 볼 수 있습니다요, 스님."

보덕스님이 얼굴에서 웃음을 거두며 말했다.

"심정이 너 그러면 세상 이치를 보는 눈이 얼마나 열렸는지 내 몇가지 물어볼 것인즉 어디 한 번 대답을 해 보아라."

"예, 스님."

"절 마당가에 심어놓은 감나무에 감꽃이 피었느니라. 마당에는 무엇이 날아다니겠느냐?"

"…… 감꽃이 피었는데…… 마당에는?…… 예 스님, 알겠습니다."

"그래 어디 말해 보아라."

"때는 이미 봄도 기울어 초여름이라 호랑나비가 너울너울 날아다니겠습니다."

보덕스님이 다시 물었다.

"한낮에 뙤약볕이 뜨겁느니라. 네 귀에 과연 무슨 소리가 들

려 오는고?"

심정이는 잠시 생각하는 듯 하더니 두 눈을 반짝이며 대답하는 것이었다.

"…… 되약볕에…… 예 스님, 맴맴 매미 우는 소리가 들려옵니다."

"밤은 깊어 삼경이라 은하수가 기울었다. 네 귀에는 과연 무슨 소리가 들리는고?"

"예 스님, 앵앵앵앵 모기가 덤벼듭니다."

"하늘에는 기러기요, 땅에는 찬서리라. 초여름 감꽃은 어찌 되었느냐?"

심정이의 얼굴에 웃음기가 감돌더니 보덕스님을 쳐다보며 말했다.

"스님, 잠깐만 기다려 주십시오."

갑자기 심정이가 벌떡 일어섰다.

"잠깐만 기다리라니, 이 녀석아!"

심정이는 손을 뻗어 시렁 위에서 무엇인가를 꺼내는 것이었다.

"스님께서 이러실 줄 알고 홍시감을 미리 따다 시렁에 얹어 두었습지요. 스님, 자 드십시오."

보덕스님이 만면에 웃음을 띠우며 말했다.

"허허허허- 이 녀석이 이제 밥값을 제대로 하는구나. 응? 허허허허……."
심정이도 웃으며 대답했다.
"아니옵니다요 스님, 아직은 죽값밖에 못하지만 앞으로는 밥값을 제대로 할 것입니다요 스님."
모처럼 두 사람의 웃음 소리가 방 밖에까지 잔잔히 퍼져나갔다.

8
머리를 깎았다고 다 승려가 아니니라

　보덕스님은 영탑사에 들어앉아 제자들에게 부처님의 가르침을 한 구절 한 구절 전해주고 있었다.
　"이때 부처님께서는 제자들에게 이르셨다. '비구들아 너희들은 결코 천한 사람이 되어서는 아니될 것이니라.'"
　듣고있던 심정이가 물었다.
　"하오면 스님, 대체 천한 사람은 어떤 사람을 천한 사람이라고 하는 것이옵니까?"
　보덕스님이 심정이를 쳐다보며 물었다.
　"네 생각에는 어떤 사람이 천하다고 생각하느냐?"
　심정이가 고개를 갸웃거렸다.
　"그, 글쎄요 스님, 장터에 나가보면 밥을 얻어먹고 사는 걸인이 있던데요, 그 걸인이 천한 사람 같기도 하구요······."

"또 어떤 사람이 천한 사람으로 보이던고?"

"예. 또 옷 말씀인데요 스님, 다 떨어진 옷, 속살이 다 보이는 옷, 누더기를 걸치고 다니는 사람, 그런 사람도 천한 사람 같기도 하구요……"

"이것 보아라, 심정아."

"예, 스님."

"방금 심정이 네가 말한 걸인이나 헐벗은 사람은 겉으로만 보고 생각한 천한 사람 같지만 참으로 천한 사람은 밥을 얻어 먹는 걸인도 아니요, 헌옷을 입고 사는 가난한 사람도 아니다. 부처님이 이르신 천한 사람은 따로 있는 법이니라."

심정이가 고개를 갸우뚱거리며 물었다.

"하오면 대체 어떤 사람을 천한 사람이라고 하는 것이온지요, 스님?"

"화를 잘 내는 사람, 이런 사람을 부처님은 천한 사람이라고 하셨느니라."

"화를 잘 내는 사람이요?"

보덕스님이 고개를 끄덕였다.

"무슨 일에나 벌컥벌컥 화를 잘 내고 남에게 원한을 품은 사람, 간사하고 악독해서 남을 모함하는 사람, 바로 이런 사람을 천한 사람이라고 하셨다."

심정이가 고개를 끄덕거렸다.

"아, 예."

보덕스님이 주위를 둘러보며 말했다.

"그리고 또 사람이나 짐승이나 날아다니는 새나 벌레의 생명을 마구 죽이고 동정심이 없는 사람, 이런 사람을 천한 사람이라고 이르셨다."

심정이가 다시 물었다.

"그, 그럼 산에서 짐승을 잡아가는 사냥꾼들은 다 천한 사람들이겠네요 스님?"

"생명 아까운 줄을 모르는 사람이니 천한 사람이지."

"그리고 또요?"

"남이 주지 않은 물건을 훔치고 빼앗아 가는 사람, 남의 빚을 쓰고도 제때에 갚지않고 거짓말을 하는 사람, 이런 사람도 천한 사람이요, 제 이익을 챙기려고 거짓말을 하고 남의 눈을 속이고 나쁜 물건을 비싸게 파는 사람, 이런 사람도 천한 사람이라 하셨다."

보덕스님은 한 번 주위를 둘러보고는 다시 말을 이었다.

"또 힘있는 자에게 빌붙어서 힘없는 사람을 괴롭히고, 송사가 있을 적에 증인으로 불려가서 거짓 증언을 하는 사람, 이런 사람도 천한 사람이요, 많은 재물을 가지고 있으면서도 헐벗고 굶주리고 병든 사람을 도울 줄 모르는 사람, 바로 이런 사람도 천한 사람이라 하셨느니라."

고개를 끄덕이며 보덕스님의 말을 열심히 듣고있던 심정이가 다시 물었다.

"하오면 스님, 어떤 사람을 귀한 사람이라고 할 수 있겠습니까?"

"욕심이 없고 만족할 줄 아는 사람, 배고픈 사람을 보면 먹을 것을 나누어 주고, 헐벗은 사람을 보면 옷을 벗어 주는 사람, 내 이익을 위해서는 거짓말을 하지 아니하고 내 이익을 챙기기 전에 남을 이롭게 해주는 사람, 나쁜 강자와 싸울지언정 착하고 힘없는 사람을 도와주는 사람, 남의 생명을 귀하게 여기고, 화내거나 원한을 품지 아니하며 결코 남을 원망하지 아니하는 사람, 바로 이런 사람을 존귀한 사람이라고 이르셨느니라."

심정이가 다시 한 마디 했다.

"어휴, 그럼 존귀한 사람이 되려면 굶어 죽고 얼어 죽고, 그럴 각오를 해야겠네요, 스님?"

갑자기 보덕스님이 죽비로 심정이의 등을 내리쳤다.

"아이구, 스님?"

"너 이 녀석!"

"…… 예, 스님."

보덕스님은 목소리를 높여서 심정이를 나무랐다.

"머리를 깎았다고 다 승려가 아니요, 먹물옷을 입었다고 다 수행자가 아니니, 중생을 위해서 살면 보살이요, 저를 위해서 살면 어리석은 중생이거늘 감히 어찌 그런 말을 입에 담을 수 있더란 말이냐?"

심정이가 고개를 숙이며 말했다.

"…… 잘못되었습니다 스님, 한 번만 용서해 주십시오."

보덕스님이 엄숙한 목소리로 주위를 둘러보며 말했다.

"보살의 길이 아무리 멀고 험하다 할지라도 출가 수행자는 마땅히 존귀한 길을 꿋꿋이 걸어가야 할 것이니 내가 오늘 이른 말을 한 치 한 푼도 결코 잊어서는 아니될 것이다!"

모두들 입을 모아 대답했다.

"예 스님, 명심하겠습니다."

잠시 후 보덕스님이 다시 입을 열었다.

"여기 모인 수행자들은 모두 다 듣거라!"

"예, 스님."

"나라의 장래가 위태로운 지경이거늘 출가 수행자들마저 제 정신을 차리지 아니하면 아니될 것인즉, 호의호식하고 고대광실에 살며 높은 벼슬에 호사를 하고 싶은 자는 오늘 당장 먹물

옷을 벗고 이 절에서 떠나야 할 것이다! 다들 내 말 알아들었느냐?"
 "예 스님, 명심하겠습니다."

 보장왕 2년의 어느 늦은 봄날이었다.
 이 무렵, 들려오는 풍설이 심상치 아니한지라 보덕스님은 제자 명덕을 불러 분부를 내렸다.
 "스님, 스님의 부르심을 받고 명덕이가 왔사옵니다."
 "오 그래. 너 오늘 성안에 좀 다녀오도록 해라."
 "예 스님, 분부 내리십시오."
 "들리는 풍설에 의할 것 같으면 중국 당나라에서 사신이 돌아왔다고도 하고 혹은 돌아오다가 죽었다고도 하고, 통 종잡을 수가 없구나."
 "예 스님, 하오면 소승이 성내에 들어가서 그 사실을 자세히 알아오라시는 분부이신지요?"
 보덕스님이 고개를 끄덕였다.
 "그래. 그리고 기왕에 성내에 나가는 김에 붓도 두어 자루 구해 오도록 하여라."
 "예 스님, 분부대로 성안에 다녀오도록 하겠습니다."
 보덕스님이 다시 주의를 주었다.

"세상 인심이 하도 뒤숭숭해지니 염탐꾼들이 쫘악 깔려있다고 그러더구나. 공연히 트집잡힐 언행, 조심하도록 하고……."
제자 명덕이 고개를 끄덕였다.
"예 스님, 스님 당부하신대로 조심하도록 하겠습니다."
"그래, 그럼 어서 가보도록 하거라."
"예, 스님."
어쩐 일인지 보덕스님은 그날 온종일을 뒤숭숭한 마음을 어쩌지 못하고 절 마당안을 왔다갔다 하고 있었다.
지켜보던 심정이가 걱정스러운지 보덕스님을 불렀다.
"스님, 스님-."
잠시 발걸음을 멈추고 보덕스님이 심정이를 돌아보았다.
"무슨 일이더냐?"
"스님께서는 다리도 안 아프시옵니까요? 하루 온종일 걸어만 다니시게요."
"내가 인석아 언제 온종일 걸어만 다녔느냐? 앉았다가 걸었다가 그랬지."
심정이가 툇마루를 가리키며 말했다.
"스님, 이제 그만 걸으시고 여기 좀 앉으십시오. 소승이 스님께 여쭈어 볼 게 있사옵니다요."
"나한테 뭘 묻겠다는 게냐?"

"그러니까 여기 앉으시기부터 하십시오. 스님, 자 여기요."
"그래, 그러자꾸나."
보덕스님이 마루에 걸터앉자 심정이가 보덕스님을 올려다보며 말했다.
"저, 스님."
"그래, 어서 말해 보아라."
"스님께서 저희에게 이르시기를 세상만사는 다 인과응보이니, 악한 일, 나쁜 짓을 많이 하게 되면 반드시 나쁜 과보를 받는다고 하셨사옵니다."
"그야 그렇지. 부처님 말씀이신걸."
심정이가 잠시 생각하는 듯 하더니 조심스럽게 입을 열었다.
"그런데 사형들께서 말씀하시기를 부처님 말씀도 효험이 없는 것 아니냐 그러시던데 말씀이에요."
보덕스님의 눈이 휘둥그레졌다.
"부처님 말씀이 효험이 없다니, 그게 대체 무슨 소리더냐?"
"사형님들 말씀인즉슨, 신하된 자가 왕을 죽이고 권세를 움켜잡았으면 마땅히 그 벌을 받아야 할 일인데 어찌하여 벌을 받기는커녕 갈수록 부귀영화만 더 누리고 있느냐 그런 말씀들이십니다요, 스님."
보덕스님이 호통을 쳤다.

"너 이녀석, 심정아-."

"예, 스님."

"절 안에서건 절 밖에서건 그런 소리를 함부로 입에 담았다 가는 살아남지 못할 것이니 말조심을 각별히 해야 할 것이다!"

"…… 예, 스님. 하오나……."

"어리석은 너희들 눈으로 보기에는 역적이 부귀영화를 누리고 도적이 부자로 살며 아첨배, 간신이 높은 벼슬을 살고 있으니, 부처님 말씀도 효험이 없다, 그렇게 생각할 것이다."

심정이가 보덕스님을 쳐다보며 고개를 끄덕였다.

"그, 그렇습니다요 스님."

"허나 지혜있는 눈으로 보면 악한 자에게는 반드시 재앙이 커가고 있으니, 지금 누리는 부귀영화가 길지 못할 것이요, 도적이 누리는 부자 노릇도 결코 오래 가지 못할 것이며, 아첨배 간신들이 누리는 벼슬 또한 결코 길지는 못할 것이니, 부처님께서 일찍이 이렇게 이르셨느니라.

'악의 열매가 익기 전에는
악한 사람도 복을 만난다.
악의 열매가 익은 뒤에는
악한 사람은 벌을 받는다.

선의 열매가 익기 전에는
착한 사람도 화를 만난다.
선의 열매가 익은 뒤에는
착한 사람은 복을 받는다.'"
듣고 있던 심정이가 다시 물었다.
"하오면 스님."
그러나, 보덕스님이 다시 말을 이었다.
"어리석은 중생들은 그것도 모르고, 악의 열매가 익어가는 줄도 모르고. 부귀영화를 누린다고 좋아 날뛰고, 또 어리석은 중생은 선의 열매가 익어가는 줄도 모른 채 그 사이를 못참고 못견뎌서 하늘도 무심하다, 부처님도 무심하다, 한탄하고 슬퍼하면서 이럴 바에 차라리 악한 짓을 하는 것이 낫겠다고 자포자기를 해서 저 무서운 악의 구렁텅이로 빠져들어가고 있다."
"하오면 스님, 부처님의 인과응보는 반드시 그대로 지켜지는 것이옵니까?"
"봄에 심은 콩도 가을이 되어야 수확을 하고, 초여름에 감꽃이 피면 초겨울이 되어서야 홍시가 되나니, 어리석은 중생들은 그 사이를 기다리지 못하고 안달들을 하는구나. …… 나무관세음보살…… 나무관세음보살…… 나무관세음보살……"
제자 명덕을 성안으로 들여보낸 보덕스님은 해가 서산을 넘

어가도 제자 명덕이 돌아오지 아니하자 방안에도 들어가지 아니한 채 캄캄해진 절 마당가에 앉아 있었다.

심정이가 걱정스런 목소리로 말했다.

"스님, 그만 방으로 들어가시지요."

보덕스님이 고개를 저었다.

"아니다. 이제 돌아올 때가 되었느니라."

"밤이라 일기가 서늘하옵니다요, 스님. 사형께서 돌아오시면 제가 기별해 올릴 것이니 그만 들어가셔서 누우십시오."

"이것 보아라, 심정아."

"예, 스님."

보덕스님이 당부하듯이 말했다.

"앞으로 너는 행여라도 부처님의 가르침을 티끌만큼도 의심하는 일이 없어야 할 것이야."

"예 스님, 명심하고 있사옵니다요. 제가 아직 어리석은 중생심을 버리지 못하고……."

"보면 볼수록, 새기면 새길수록 부처님의 가르치심은 자상하시고 틀림이 없으시니 세상만사, 부처님이 이르신대로만 지키고 살면 수행자나 재가자나 한 세상을 근심 걱정 없이 잘 살게 될 것이니라."

"예 스님, 명심하겠습니다."

잠시 침묵이 흐른 후에 보덕스님이 다시 입을 열었다.

"너도 이제 절밥을 그만큼 먹었으면 코흘리개 어린 아이가 아니니라."

"예, 스님."

"그래서 너한테 당부해둘 것이 있으니……"

심정이가 다소곳이 말했다.

"예 스님, 분부내리십시오."

"저기 저 두견새 우는 소리를 듣고 있느냐?"

"예, 스님."

"미물인 저 두견새도 어지간히 커서 날개짓을 하게 되면 둥지를 떠나서 홀로 살게 되나니, 심정이 너도……"

심정이가 화들짝 놀라며 말했다.

"예? 아니 스님, 무슨…… 말씀이시옵니까요, 스님?"

보덕스님은 먼 곳에 눈길을 두고는 계속해서 말하는 것이었다.

"내가 이 대보산 영탑사를 떠나게 되더라도 꿋꿋하고 당당하게 수행을 잘해야 할 것이다."

심정이가 울먹이며 말했다.

"아, 아니되시옵니다요 스님! 스님께서 이 영탑사를 떠나시오면 소승은 스님의 옷자락을 붙들고라도 끝까지, 끝까지 따라

갈 것이옵니다요, 스님."

보덕스님의 목소리가 커졌다.

"아니될 소리! 내 너에게 이르지 아니했더냐? 인연이 있으면 만나게 되고, 인연이 다하면 헤어지게 되는 것이라고……."

마침내 심정이는 소리내어 울기 시작했다.

"아니되시옵니다요 스님, 참으로 아니되시옵니다요. 제발, 제발, 스님께서 이 절을 떠나실 생각이시오면 이 철없는 심정이도 꼭 데리고 가 주십시오. 스님, 이렇게, 이렇게, 꿇어앉아 빌겠습니다요. 스님, 예? 스님-."

심정이가 울면서 땅바닥에 꿇어앉자, 보덕스님이 조용한 목소리로 말했다.

"그만 일어나거라. 바로 저 아래 명덕이가 오는 모양이다."

보덕스님은 짚히는 예감이 있었던지 밤늦게야 돌아온 제자 명덕을 방안으로 데리고 들어가서야 묻는 것이었다.

"그래 풍설은 제대로 알아보았느냐?"

"예, 스님."

"허면 당나라에 보낸 사신은 돌아왔다고 하더냐?"

"무슨 말씀부터 올려야 하올지 모르겠사옵니다만, 일이 심상치 않게 된 것 같사옵니다, 스님."

보덕스님이 걱정스럽게 물었다.

"심상치 않게 되다니, 대체 무슨 소리더냐?"

"당나라에 갔던 사신이 당나라의 도사 여덟 명을 데리고 돌아왔다고 하온데……."

"무엇이? 당나라의 도사를 여덟 명씩이나?"

"그러하옵니다. 스님. 숙달이라고 하는 자가 당나라 도사의 우두머리라고 하는데 그자들이 천존상과 도덕경을 가지고 들어와서 우리나라 보장왕께 바쳤다고 하옵니다."

보덕스님이 혀를 끌끌 찼다.

"허허 이런! 그래 그 천존상을 전해 받으신 보장왕께서는 어찌하셨다고 하던고?"

"예, 보장왕께서 어찌하셨다는 말은 듣지 못했사오나 태태대로가 크게 기뻐하고 잔치를 베풀었으며 당나라 도사들로 하여금 국태민안 태평성대를 위해 제를 지내도록 한다 하옵니다."

보덕스님은 신음 소리를 내며 안타까워 하는 것이었다.

"허허 이런! 삿된 자들에게 벌을 내려도 시원치 않을 일이거늘 그자들을 국빈으로 모셔다가 잔치를 베풀고 제사까지 지내게 하다니, 장차 이 나라와 백성들을 어찌한단 말이던고?"

잠시 보덕스님의 안색을 살피던 제자 명덕이 다시 말을 이었다.

"그뿐만이 아니옵니다. 스님."

"아니 그러면 또 무엇이 더 있더란 말이더냐?"

"…… 그러하옵니다, 스님!"

"어서 일러보아라, 무슨 일이 또 일어났더란 말이냐?"

"성안에 있는 우리 사찰 하나를 도관으로 정하고 저들 당나라의 도사들을 바로 그 사찰에 머물게 하였다 하옵니다."

보덕스님의 눈이 휘둥그레졌다.

"아니 세상에! 허면 대체 그 사찰에 있던 우리 승려들은 어찌하고 말이더냐?"

"예 스님, 그 사찰에 있던 우리 승려들은 한 사람도 남김없이 모두 다 쫓겨났다고 하옵니다."

보덕스님은 그저 할 말을 잊고 말았다.

"…… 나무관세음보살…… 나무관세음보살…… 절간 하나를 빼앗긴 것이 억울해서가 아니옵니다. 관세음보살님, 머지 아니해서 나라가 망할 것이오니 이 일을 대체 어찌하면 좋겠사옵니까?"

성안에 있던 사찰에서 승려들을 쫓아내고 사찰을 도관으로 만들어 중국에서 온 도사들을 머물게 하였다는 말을 들은 보덕스님은 참으로 심기가 불편하여 잠을 이루지 못하였다.

제자들은 어찌할 바를 모르고 그저 스님 앞에 무릎을 꿇고 앉아 있었다.

한참동안 아무 말이 없던 보덕스님이 이윽고 입을 열었다.
"이것들 보아라."
"예, 스님."
"우리 고구려에 부처님의 법이 전해진 것은 거금 이백칠십여 년, 소수림왕 2년 6월이었느니라."
"예, 스님."
"그때에 진나라 왕 부견이 사신과 함께 순도스님을 우리나라에 보내어 불상과 경문을 전해주었느니라.
그때에 우리나라 왕은 신하들과 더불어 성문에서 봉영하였는데 정성스럽게 공경하고 믿는 마음이 극진하였으니, 감사와 경축의 기쁨이 넘쳐 흘렀더니라."
"예, 스님."
"그후 3년이 지난 소수림왕 5년 봄에 성문사를 지어 순도스님으로 하여금 부처님의 법을 널리 펴게 하였으니, 바로 이 성문사가 이 나라 불교의 효시라 할 것이요, 그후 두번째 지은 절이 불란사였다."
"예, 스님."
보덕스님은 눈을 허공에 응시한 채로 말을 이었다.
"부처님 법이라고는 불자도 한 자 모르고 있던 이 나라 무명 중생들에게 자비 광명이신 부처님 법을 전해주기 위해서 이역

 만리 타국살이를 마다하지 않으시고 천신만고 끝에 이 땅에 불교의 뿌리를 내리게 하신 순도스님의 은덕, 그리고 순도스님이 심으신 그 뿌리를 잘 북돋우고 가꿔주신 의연스님의 은혜가 아직도 새롭거늘, 오늘에 이르러 우리 법당을 샷된 무리들에게 내어주는 일을 당하게 되었으니 참으로 가슴을 칠 일이요, 부처님과 조사님들께 부끄럽고 또 부끄러울 뿐이로구나."
 침통해 하는 보덕스님에게 한 제자가 말했다.
 "하오나 스님, 고정하시옵소서. 부처님께서도 이르시기를 세상 모든 일은 인과응보라 하셨으니 설마한들 샷된 무리들이 얼마나 오래 지탱할 수 있겠습니까?"
 어두운 안색으로 보덕스님이 말했다.
 "너희들은 모를 것이다마는, 샷된 무리들이 퍼뜨리는 사교의 화는 적국의 군사들보다도 더 무섭고 크니라.
 적국의 군사들에게 짓밟히고 빼앗긴 국토는 그 땅에서 적국의 군사를 쫓아내면 다시 찾을 수 있지만 샷된 무리들이 퍼뜨리는 사교는 사람들의 정신을 흐리게 해서 그 화가 백 년도 더 가게 되나니, 결국은 나라가 망하게 될 것이니라."
 가만히 듣고 있던 심정이가 걱정스럽게 물었다.
 "하오면 스님, 장차 이 나라가 망하게 될 것이라는 그런 말씀이시옵니까요?"

"사교가 백성들 사이에 널리 퍼지면 어떤 임금, 어떤 장수도 나라가 망하는 것을 막지 못할 것이니라. 어떤 연유로 나라가 망하게 될 것인지 너희들은 알겠느냐?"

제자들이 머리를 저으며 말했다.

"잘, 모르겠사옵니다 스님, 자세히 하교하여 주시옵소서."

"사교가 백성들 사이에 널리 퍼지면 어리석은 백성들은 삿된 무리들의 그릇된 가르침에 현혹되어 세상만사가 다 하늘신의 뜻이라 하여 농사가 잘 되는 것도 하늘신의 뜻이요, 흉년이 드는 것도 하늘신의 뜻이며, 병들고 죽는 것도 하늘신의 뜻이요, 죄를 짓고 악한 일을 한 자도 나중에는 하늘신을 믿고 하늘신에게 잘못만 빌면 누구든 다 신선이 되어 하늘신 곁으로 간다고 하였으니, 이를 믿는 어리석은 자가 어찌 정직할 것이며, 어찌 부지런히 일할 것이며, 어찌 도적질하지 아니할 것이며, 어찌 남을 속이지 아니할 것인가!"

심정이가 보덕스님을 쳐다보며 물었다.

"하오면 스님, 대체 우리는 어찌해야 좋겠습니까?"

"죽기를 맹세하고 부처님의 정법을 지키고 전해야 할 것이니, 너희들은 각오를 단단히 해야 할 것이다."

"예 스님, 명심하겠습니다."

9
지극한 불심과 정성을 기울여라

  보덕스님은 다시 왕궁을 찾아가서 보장왕을 배알하고 삿된 무리들이 창궐하는 것을 막아줄 것을 거듭거듭 간청하였다.
  때마침 왕궁의 실권자 태태대로는 안시성을 순찰하러 가고 왕궁에 없었기에 가능한 일이었다.
  "대왕마마께 다시 한 번 말씀을 올리오니, 삿된 교가 백성들 사이에 널리 퍼지면 나라의 기강을 바로 잡기가 어렵게 될 것이옵니다."
  보장왕이 보덕스님을 쳐다보며 물었다.
  "이것 보시오 대사, 대사는 대체 어떤 교가 삿된 교라고 그러시는 게요?"
  "소승이 삿된 교라 함은 하늘신이나 지신이나 수신을 빙자하여 이들 신을 믿지 아니하면 큰 재앙을 받는다고 백성을 위협

하고, 재물이나 양식을 갖다 바치게 하며, 천지개벽이 가까웠으니 하늘신을 믿으라 하며 만일 하늘신을 믿지 아니하면 지옥에 떨어진다 겁을 주고, 천지개벽이 되면 재물이나 양식이 다 소용없으니 갖다 바치라 하고, 세상만사가 다 하늘신이나 지신이나 수신의 뜻대로라고 허언을 퍼뜨리는 자들이니 이들을 어찌 용납할 수가 있겠사옵니까?"

그러나 보장왕은 더 이상 보덕스님의 말을 들으려고 하지 않는 것이었다.

"이것 보시오 대사, 이런 일은 태태대로가 다 알아서 할 것이니 더 이상 대사는 관여치 말고 어서 그만 돌아가도록 하시오!"

보덕스님은 애가 끓었다.

"아니되시옵니다, 대왕마마! 아니되시옵니다."

보덕스님은 이미 왕궁의 실권을 태태대로에게 빼앗긴 채 허수아비가 되어버린 보장왕의 신세를 가엾이 여기면서 영탑사로 돌아오고 말았다.

영탑사로 돌아온 보덕스님은 제자들을 한 방에다 불러 모았다.

"오늘부터 너희들은 먹을 갈고 붓을 가다듬어 내가 나누어주는 경책을 서른 권씩 사경하여 책으로 묶어서 나에게 가져와

야 할 것이니라."

고개를 갸우뚱하며 심정이가 물었다.

"사경은 대체 어떻게 하는 것이온지요, 스님?"

"심정이 너는 절밥을 그리 먹고도 아직 사경이 무엇인줄 모르고 있었더란 말이냐?"

"예…… 잘…… 모르겠습니다요 스님."

"허면, 심정이 말고는 사경이 무엇이며, 어떻게 해야 하는지 다들 알고 있으렷다?"

"예 스님, 잘 알고 있사옵니다."

보덕스님은 책을 한 권씩 꺼내놓았다.

"자, 그러면…… 이 경책 한 권씩 가지고 가서 지극한 불심과 정성을 기울여서 사경을 서른 권씩 해와야 할 것이다. 다들 알겠느냐?"

"예 스님, 분부 받들어 모시겠습니다."

보덕스님이 제자 명덕을 쳐다보며 말했다.

"이것 보아라, 명덕아."

"예, 스님."

"우리 대중들이 사경을 함에 있어 붓이나 벼루, 먹이나 종이가 모자람이 없도록 각별히 뒤를 잘 보아주어라."

"예 스님, 분부대로 받들어 시행하겠사옵니다."

다른 제자들이 스님의 분부대로 경책 한 권씩을 받아들고 방에서 나간 뒤, 보덕스님은 나이 어린 제자인 심정이 하나만을 앉혀놓았다.

보덕스님은 마치 할아버지가 어린 손자에게 이르시듯 하나하나 일러주기 시작하였다.

"이것 보아라, 심정아."

"예, 스님."

"내 곁에 바짝 붙어 앉아서, 아 여기 이리 와서 가까이 앉으란 말이다."

보덕스님은 심정이를 가까이 앉히고는 설명하기 시작했다.

"사경이 무슨 말인지, 어떻게 하는 것인지 잘 보고 배우도록 해라."

"예, 스님."

보덕스님은 앞에다 경책을 펼쳐놓았다.

"사경이라는 말은 말 그대로 붓으로 경을 쓴다는 것이니, 바로 이 경책을 보고 다른 종이에 이대로 옮겨 쓰는 것을 사경이라고 하는 것이다."

보덕스님을 설명을 하면서 경책의 경문을 옮겨 쓰기 시작했다.

"자, 잘 보아라. 이쪽 경책에 있는 경문을 이쪽에 있는 이 종

이 위에다 새로 옮겨 쓰는 것이니…… 여시아문이라…… 나는 이렇게 들었노라…… 이렇게 한 글자 한 구절을 그대로 새로 옮겨 쓰는 것이야. …… 이제 알겠느냐?"

심정이가 고개를 끄덕였다.

"예 스님, 하온데 사경은 어쩐 까닭으로 하는 것이옵니까?"

"아, 그거야 인석아, 이 부처님 경책은 보다시피 이렇게 붓으로 직접 쓴 것이니, 구하기가 여간 어려운 게 아니다. 그러니 자기 경책을 지니려면 누구든 이렇게 붓으로 옮겨 써야지."

심정이가 알겠다는 듯 다시 고개를 끄덕였다.

"아 예, 그러니까 모두들 자기 경책을 갖고 싶거든 사경을 해라, 그런 말씀이시옵니까 스님?"

"그런 뜻도 있지만, 사경을 하면서 공부도 되는 것이야. 부처님 말씀을 적어놓은 것이 바로 이 경책이니, 이 경책을 쓰고 읽는 것이 공부가 아니겠느냐?"

"아 예, 그러니까 스님께서는 부처님 말씀을 공부하고 또 하고 또 해라, 그런 뜻에서 서른 권씩을 쓰라고 하신 것이옵니까요?"

"그, 그야 그런 뜻도 있다마는 이 사경이라고 하는 것은 그냥 눈으로 글자를 보고 손으로 글자를 그리는 게 아니다. 부처님의 가르침을 한 자, 한 구절 마음속에 새기면서 지극정성으로 옮겨야 하는 게야. 그래서 옛날 스님들은 사경공덕을 으뜸으로 치셨던 게야. 아, 어떤 스님은 옛날에 큰 서원을 세우시면서 혈사경까지 남기기도 하셨다."

심정이가 고개를 갸웃하며 보덕스님을 쳐다보았다.
"혈…… 사경이 무엇이온데요, 스님?"
"손가락을 잘라 피를 찍어서 경을 옮기셨단 말이다."
"아이구 그러면 스님……."
심정이가 뭔가를 물으려 했으나 보덕스님이 말을 이었다.
"불심이 그 정도는 되어야 장하다고 할 수 있을 것이니라."
"저…… 하온데 스님."
"왜 그러느냐?"
심정이가 머뭇거리며 말했다.
"저도 서른 권을 다 사경해야 되겠습지요, 스님?"
"이 녀석아, 세상 되어가는 꼴로 봐서는 이 절도 언제 비워주어야 할지 모르는 일, 게다가 삿된 교가 득세를 하면 중국에서는 불교 경책을 다 불태운 일도 있었다. 내 그래서 만일을 대비하여 이 절에 있는 경책을 서른 권씩 사경해서 수행자마다 소중히 간직하게 하고, 나머지는 인근 사찰에도 널리 나누어주어 후세에 길이 보존케 하자 함이니 심정이 너도 이제 글을 익혔거든 마땅히 서른 권을 써야 할 것이다."

심정이가 울먹거리며 말했다.
"아…… 알겠사옵니다 스님, 용서하십시오. 이 철없는 것이 스님의 깊은 뜻을 헤아리지 못하옵고 큰 죄를 지었사옵니다."
보덕스님이 심정이를 쳐다보며 말했다.
"그래 이제 되었느니라. 어서 가서 사경이나 부지런히 하도록 해라."
"예 스님, 스님 분부 받들어 부지런히 사경을 하겠습니다."
고구려 보장왕 시절이라, 이때만 해도 책을 찍어내는 목활자조차 발명되지 아니했고, 판자에 글을 새겨 찍어내는 기술도 개발되지 못했던 까닭으로 책이라는 책은 모조리 붓으로 옮겨 써야 했다.
사실 이 당시에는 책을 옮겨 쓰고 묶어 펴는 것도 주로 불교가 불교 경전을 공부하고 전파하기 위해 앞장을 섰으니, 따지고 보면 우리나라의 활자, 인쇄, 출판의 효시는 우리나라 불교라 하겠다.
아무튼 이때 보덕스님은 만일의 경우를 대비해서 제자들로 하여금 사경을 하게 해서 불교 경전을 후세에 전하고 널리 전파하고자 했던 것이니, 참으로 먼 훗날을 내다보는 지혜의 눈이 밝았다고 하겠다.
어느덧 시간은 흘러서 사경을 마치기로 한 날이 되었다.

보덕스님이 제자들을 불러 모았다.

"그래, 바로 오늘이 사경을 마치기로 약조한 날이거늘 다들 모였느냐?"

"예 스님, 다들 모인줄로 아옵니다."

잠시 주위를 둘러보던 보덕스님이 말했다.

"한 아이가 보이지 아니하는데도 다 모였단 말이더냐?"

"예 스님, 심정이 그 아이만 아직 사경을 마치지 못한 줄로 아옵니다."

보덕스님이 고개를 끄덕이고는 제자들에게 말했다.

"그럼 어디 각자 사경한 경책을 자기 앞에 가지런히 내놓아 보아라."

"예."

보덕스님은 제자 명덕이 사경한 경책의 책장을 넘기며 살펴보고는 준엄하게 입을 열었다.

"이것 보아라 명덕아, 너는 사경을 함에 있어 정성을 기울이지 아니했구나."

제자 명덕이 자세를 고쳐 앉으며 대답했다.

"아, 아니옵니다 스님, 온 정성을 다 기울여서 했사옵니다."

갑자기 보덕스님의 죽비가 제자 명덕의 등을 내리쳤다.

"너 이놈! 내 일찍이 너희들에게 이르기를, 부처님 경전은 부

처님의 말씀이니, 경책을 대할 적에는 부처님을 뵈옵는 듯 지극한 불심과 정성을 다하여 공경하는 마음으로 모시라 하였거늘, 하물며 사경을 함에 있어 이리도 산란한 마음으로 함부로 했더란 말이냐!"

제자 명덕이 다시 변명하기 시작했다.

"아, 아니옵니다 스님, 소승 공경하는 마음으로……"

제자 명덕의 말이 끝나기도 전에 보덕스님이 다시 명덕의 등을 죽비로 내리치는 것이었다.

"명덕이 네가 네 손으로 사경한 이 책을 네 눈으로 똑똑히 보아라."

보덕스님은 사경한 경책을 펼쳐서 제자 명덕에게 들이밀었다.

"자, 자세히 보아라. 네가 쓴 글자는 종으로도 줄이 맞지 아니하고, 횡으로도 맞지 아니하니, 위에서 아래로 쓴 글도 줄이 삐뚤어졌고, 옆으로 보아도 오르락 내리락이니, 이렇게 써놓고도 감히 어찌 지극한 불심과 정성을 기울였단 말이더냐?"

제자 명덕이 고개를 숙이며 말했다.

"…… 잘못 되었습니다 스님, 용서하여 주시옵소서."

보덕스님이 주위를 둘러보며 큰 소리로 말했다.

"다들 들어라!"

"예, 스님."

"하늘을 나는 기러기도 반듯반듯 줄을 지어 날아가고, 바둑판에도 줄이 반듯반듯 그어져 있거든, 하물며 부처님 말씀을 사경함에 있어 이렇듯 자간과 행간이 들쑥날쑥이라니 말이 되겠느냐?"

"잘못 되었사옵니다 스님, 진심으로 참회드리오니 용서하여 주십시오."

보덕스님은 조용한 목소리로 말하기 시작했다.

"글자만 채우고 권 수만 채우려고 불심과 정성을 기울이지 아니한 자는 스스로 다시 가져가서 사경을 다시 해와야 할 것이다. 다들 내말 알아들었느냐?"

"예 스님, 분부대로 거행하겠습니다."

이때 스님은 삼칠일의 말미를 더 주었으니, 요즘말로 표현하자면 마감 날자를 스무하루 더 연기해 준 셈이다.

약조한 삼칠일이 지난 뒤, 제자들은 저마다 불심과 정성을 기울여 사경한 불경을 보덕스님 앞에 내놓고 점검을 받게 되었다.

방안에 모인 제자들이 웅성거리자 보덕 스님이 한 마디 했다.

"허허, 오늘은 어쩐 일로 방안이 이리 어수선한고?"

이내 방안이 조용해지자 보덕스님이 입을 열었다.

"내 일찍이 일렀느니라. 모름지기 출가 수행자는 대중이 모이는 처소에서는 정숙을 지켜야 할 것이니. 수행자 백 명이 한 방에 앉았더라도 벌레 지나가는 소리가 들려야 한다고 했거늘. 대체 어쩐 까닭으로 그리 어수선했는지 어서 일러 보아라."

"예 스님, 잘못되었사옵니다."

보덕스님이 다시 채근했다.

"그 까닭을 어서 이르지 못하겠느냐?"

제자가 심정이를 가리키며 말했다.

"예, 사실은 이 아이 심정이가……"

"그래, 이 아이 심정이가 대체 무엇을 어찌 했단 말이더냐?"

"예, 심정사미가 손가락을 칼로 갈라 피를 찍어 사경을 했다 하여 그 말들을 주고받느라고……"

보덕스님이 놀라서 물었다.

"무엇이? 심정이가 피를 찍어 사경을 했다고?"

"그렇사옵니다, 스님."

보덕스님이 심정이를 쳐다보았다.

"아니 심정이 너. 그게 정녕 사실이란 말이더냐?"

심정이가 머뭇거리며 대답했다.

"…… 잘못 되었습니다 스님. 큰 서원을 세울 적에는 손가락을 잘라 피로써 사경을 하는 것이라 하오시기에……."

보덕스님이 조용히 말했다.

"어디 보자."

보덕스님은 심정이가 사경한 경전을 책장을 넘기며 살펴보았다.

"허허 정녕 이 혈사경이 바로 심정이 네가 피로써 써올린 것이더냐?"

"…… 예 스님. 잘못되었습니다."

보덕스님이 따뜻한 시선으로 심정이를 쳐다보며 물었다.

"그래. 심정이 너는 대체 어떤 서원으로 혈사경을 했더란 말인고?"

"…… 예, 소승, 자비하신 부처님의 정법이 세세생생 이 땅에 전해지고 퍼져서 고해중생들을 구해주십사, 오직 그것만을 서원하였사옵니다."

보덕스님이 온화한 표정으로 심정이를 쳐다보며 말했다.

"그래 그래, 심정이 네 서원은 반드시, 반드시 이루어질 것이니라!"

보덕스님은 제자들이 지극한 불심과 정성을 기울여 사경한 불경책을 불단 앞에 바치고 의식을 갖추어 부처님께 고한 뒤, 제자들에게 각각 한 질씩을 나누어 주었다.

그리고 나머지 불경책들은 인근 사찰에 전하는 한편 그 나머지는 또 은밀히 보존케 하였다.

그런데 바로 그해 6월의 일이었다.

갑자기 뇌성벽력이 치며 폭우가 쏟아졌다.

심정이가 뛰어오며 소리쳤다.

"스님, 스님, 큰일 났사옵니다. 스님, 스님, 스님-."

보덕스님이 방문을 열고 내다보며 말했다.

"아니 이 녀석아, 뇌성벽력 치는 것을 처음 보았느냐? 이렇게 소란을 떨게 말이다."

심정이가 눈을 크게 뜨고는 급히 말했다.

"아이구 스님, 그게 아니옵니다요. 스님, 뇌성벽력만 치는 것이 아니옵구요, 주먹만한 우박이 마구 쏟아졌습니다요 스님."

보덕스님이 눈을 흘겼다.

"에이끼 녀석, 수염이 길다길다 하니까 장발 삼천 척이라고 그런다더니 주먹만한 우박이 세상에 어디 있더란 말이냐, 인석아!"

"아이구 참 스님도, 소승이 허풍을 좀 치기는 했사옵니다마는 정말입니다요, 우박이 글쎄 어찌나 큰지요, 절간 장독대 오지그릇들이 죄다 깨졌구요……."

보덕스님이 눈을 크게 떴다.

"장독대의 오지그릇들이 죄다 깨졌다고?"

심정이가 고개를 끄덕이며 말했다.

"정말이옵니다요 스님, 그리고 여, 여기를 보십시오. 소승 머리에도 우박에 맞아 혹이 다 생겨났습니다요."

심정이는 머리를 가리켜 엄살을 부리며 말했다.

"허허, 이거 청천백일에 칠흑같은 어둠이라니…… 괴이한 일이로다."

심정이가 걱정스럽게 말했다.

"이, 이러다가 스님, 천지개벽을 하는 것은 아니겠습니까요, 스님?"

보덕스님이 눈을 흘기며 말했다.

"그런 허튼 소리 함부로 입에 담으면 안된다고 했느니라."

"하, 하오나 스님, 오뉴월 삼복 더위에 주먹같은 우박이 쏟아지다니……"

보덕스님이 조용히 타일렀다.

"천지개벽이다, 말법세상이다 하는 소리는 사교를 퍼뜨리는 삿된 무리들이나 하는 소리이거늘, 감히 어찌 불도에 들어온 출가 수행자가 입에 담을 수 있단 말이더냐?"

심정이가 아직도 겁먹은 목소리로 말했다.

"하오면 스님, 무서워할 일은 아니다 그런 말씀이시옵니까

요?"

"천지개벽은 옛날에도 없었고, 앞으로도 없을 것이니, 검은 구름이 일시에 몰려들면 뇌성벽력에 우박 소나기가 쏟아지는 것은 정한 이치니라."

다시 뇌성벽력이 치자 심정이가 눈을 꼭 감는 것이었다.

보덕스님은 짐짓 이렇게 대수롭지 않은 척 말은 했지만, 스님은 이때에 이미 불길한 나라의 운명을 내다보고 있었다.

김부식이 써놓은 삼국사기 권 제21, 고구려본기 보장왕 편을 보면 6월에 때아닌 우박이 쏟아져 농사를 망치고 민심이 흉흉해졌다는 기록이 있는가 하면, 이해 음력 9월 보름날 밤에는 세상이 온통 대낮같이 밝기는 밝았는데 이상스럽게도 달은 보이지 아니하고 수많은 별들이 서쪽으로 떨어져갔다고 기록되어 있다.

아무튼 이 무렵 고구려에는 불길한 징조가 나타났던 셈이다.

그러던 어느날, 보덕스님은 제자 명덕을 불렀다.

"부르셨사옵니까 스님, 명덕이옵니다."

"오, 그래."

보덕스님이 방문을 열었다.

"내가 불렀느니라."

"분부 내리십시오, 스님."

"산 아래 세상 소식은 어떠하던고?"
"예. 지난번 쏟아진 때아닌 우박으로 세상 민심이 흉흉하다 하옵니다."
보덕스님의 얼굴이 어두워졌다.
"농사가 많이 상했을 터라 그것이 걱정이로구나."
"논농사 밭농사는 말할 것도 없고, 나무에 달린 과일까지도 성한 것이 없다 하옵니다."
잠시 무엇인가를 곰곰 생각하던 보덕스님이 다시 입을 열었다.
"이것 보아라, 명덕아."
"예. 스님."
"이제 머지 아니해서 우리 절에도 북풍한설이 닥쳐올 것이니라."
보덕스님의 말뜻을 알아차리지 못하고 제자 명덕이 말했다.
"동지 섣달은 아직 몇달이 남아있사온데요, 스님."
"겨울 바람만 북풍이 아니요, 눈보라만 한설이 아닌 줄을 너는 어찌 모른단 말이더냐"
"하오시면 우리 절에 무슨 변고라도 닥쳐올 것이란 말씀이시옵니까 스님?"
"아직 인연이 남아있을 적에 금강산 구경을 시켜줄 것이니

따라 나서도록 해라."

제자 명덕이 어리둥절한 표정으로 보덕스님을 쳐다보았다.

"금강산이라니요, 스님?"

"내가 젊었을 적에, 그러니까 영류왕 10년 때였다. 그때 내가 금강산 법기봉 중턱 만폭동에 암굴을 암자로 정하고 수행을 했었는데, 불현듯 그 암자에 다시 한 번 가보고 싶구나."

그제서야 제자 명덕이 고개를 끄덕였다.

"아, 알겠사옵니다 스님, 소승 기꺼이 스님을 모시고 가도록 하겠습니다."

제자 명덕이 일어서려 하자 보덕스님이 말했다.

"이번 금강산 산행은 마지막이 될 것이라 심정이도 데리고 갈 것이니, 그리 알고 행장을 꾸리도록 하여라."

제자 명덕이 의아해하며 물었다.

"예 스님, 하온데 어찌하여 마지막 산행이라 하오십니까?"

"머지 아니해서 때가 되어 일이 닥치면 그땐 너도 알게 될것 이다마는 내가 이승에 살면서 금강산을 가는 것은 이번이 마지막이 될 것이니라."

보덕스님은 이렇듯 알 수 없는 말을 하는 것이었다.

제자 명덕이 고개를 갸우뚱하면서 말했다.

"하오시면 따로 분부하실 일은 없으시온지요, 스님?"

"행여라도 내가 살던 그 암자에 수행자가 있을지 모르니, 사경해둔 경책 한 질을 가지고 가서 나누어줄 수 있도록 준비를 하여라."

"예 스님, 분부대로 거행하겠습니다."

10
사람으로 다시 태어나고 싶거든

보덕암은 강원도 회양군 내금강면 장연리, 금강산 법기봉 중턱의 만폭동에 자리잡은 자연서굴 암자인데, 바로 이 보덕암에는 보덕스님에 관계된 전설이 여러 편 전해지고 있다.

또한 이 보덕암은 관세음보살이 친히 나타나셨다는 설화와 함께 해방 전까지만 해도 백의관음보살을 모신 유명한 기도도량이었다.

아무튼 이 유명한 보덕암은 또 천 길이나 되는 벼랑과 함께 기암괴석이 절경을 이룬 관광 명소로 알려져 있다.

이 보덕암을 맨처음 만든 사람이 바로 우리의 보덕스님이다.

하루하루 기울어져가는 당시 고구려의 국운을 내다본 보덕스님은 앞으로 닥칠 일을 미리 짐작하고, 제자 명덕과 심정을 데리고 마지막 금강산 산행을 가게 되었다.

보덕스님은 걷고 걸어서, 어떤 굴 앞에서 걸음을 멈추고 제자들에게 말했다.

"자, 이제 다 왔다. 바로 이 굴에서 내가 살았었느니라."

심정이가 굴을 쳐다보고 다시 보덕스님을 쳐다보며 말했다.

"아이구, 이 굴속에서 어떻게 혼자 사셨습니까요, 스님?"

"어떻게 살기는 인석아, 경책 보고, 참선하고, 잠자고 또 경책 보고 그렇게 살았지."

심정이가 궁금한 게 많은지 눈을 반짝이며 다시 물었다.

"그럼 잡숫기는 뭘 잡숫구요, 스님?"

"먹기는 인석아, 바람이나 마시고 그러면서 살았지. 허허허허······."

잠자코 있던 제자 명덕이 말했다.

"하온데 스님."

"왜 그러느냐?"

"이 굴에서 수행하시면서 스님께서는 대체 어떤 서원을 세우셨었습니까요?"

보덕스님은 제자의 물음에 빙그레 웃으면서 대답했다.

"나는 욕심이 많아서 여러 가지 많은 서원을 세웠었다."

심정이가 보덕스님을 쳐다보며 말했다.

"아이 참 스님께서도, 저희들더러는 욕심을 버리라고 그러시

구선 스님께서는 욕심이 많으셨단 말씀이십니까?"

"암, 나는 아주 욕심이 많았다. 부처님께 빌고 빈 욕심만 해도 열 가지가 넘었어."

"대체 무엇무엇을 비셨습니까?"

"부처님의 자비법문을 속속들이 다 배우게 해주십시오.

부처님의 깨달음을 나도 얻게 하옵소서.

부처님의 자비행, 나도 하게 하십시오.

부처님의 자비광명 두루두루 비추시사, 온세상 무명중생 모두 건져 주옵소서.

부처님의 감로법, 모두 믿게 하옵시오.

부처님의 지혜법문을 모든 중생이 듣게하고 이 세상 모든 중생들이 근심 걱정 고해 바다에서 벗어나게 하옵시오."

보덕스님의 말을 듣고 심정이가 말했다.

"아이 참, 나는 또 무슨 욕심이 그리 많으셨나 했습니다요."

"그러면 내가 낸 욕심은 욕심이 아니더라, 그런 말이냐?"

"옷을 달라거나, 밥을 달라거나, 벼슬을 달라고 하면 그건 욕심이지만 스님이 서원하신거야 그런 것이 아니지 않습니까요?"

보덕스님이 웃었다.

"허허, 이 녀석이 이젠 제법 밥값을 하는구나 그래, 응? 허허허-."

제자 명덕이 다시 물었다.

"스님, 하온데 이 굴안에 물은 있사옵니까?"

"물? 저기 저 안쪽으로 들어가면 바위 틈에서 흘러내리는 감로수가 있느니라. 목이 마르거든 가서 마시고 오늘은 많이 걸어왔으니 일찍들 자도록 하여라."

"예 스님, 분부대로 하겠습니다."

하룻밤을 제자들과 함께 보덕암에서 지낸 보덕스님은 그 다음날 아침, 제자들을 데리고 암자 밖으로 나왔다.

보덕스님은 보덕암을 올려다 보면서 제자들에게 일렀다.

"내가 마지막으로 이 금강산에 오면서 너희 둘을 데리고 온데는 그 까닭이 있다."

두 제자가 보덕스님을 쳐다보았다.

"예 스님, 말씀해 주십시오."

보덕스님은 손가락으로 보덕암을 가리켰다.

"보다시피 저 암자는 지금 겨우 비바람을 피할 수 있을 뿐 보잘 것이 없다. 굴 안에는 법당도 없고, 부처님 또한 모시지 못했어. 내 언젠가 저 암자를 반듯하게 세워서 부처님도 모시고 관세음보살님도 모시고, 여법한 수행도량을 만드는 게 소원이었다."

"예 스님."

"허나 이제 곰곰히 생각을 해보니, 내가 저 자리에 반듯한 법당을 일으켜 세울만한 복을 전생에 짓지를 못했어."

심정이가 고개를 흔들었다.

"아니옵니다 스님, 이제라도 지으시면 될 것이옵니다."

보덕스님이 고개를 저었다.

"아니다. 법당은 마음만 가지고 지어지는 게 아니니, 전생에 많은 복을 지었어야 이생에서 법당 짓는 일에 동참할 수 있는 법이다. 나는 이제 때가 늦어 법당 짓는 기쁨을 누리지 못할 것이니, 너희들이라도 전생에 복을 많이 시었거든 내가 떠난 후에라도 저곳에 여법한 법당을 짓도록 하여라."

제자 명덕이 고개를 끄덕이며 대답했다.

"예 스님, 스님의 분부 명심하여 반드시 짓도록 하겠사옵니다."

심정이도 보덕스님을 쳐다보며 말했다.

"스님, 저는요, 전생복이 없어서 이생에 짓지 못하면은요, 이생에서 복을 많이 많이 지어가지고요, 후생에서라도 반드시 지어올리겠습니다."

보덕스님이 웃으며 심정이를 쳐다보았다.

"그래, 그렇게 해라. 이생에 못지으면 후생에 짓고, 후생에도 못지으면 그 다음 생에 짓고, 그대신 너희들은 명심할 것이 있느니라."

"예 스님, 하교하여 주십시오."

"부처님께서 이르시기를, 사람이 한 번 사람으로 태어나는 것은 눈 먼 거북이가 삼천 년만에 한 번 바다 위로 떠올라서 제 머리 집어넣을 구멍 뚫린 판자를 만나는 것 만큼이나 어렵다고 하셨으니, 사람으로 다시 태어나고 싶거든 부디 좋은 일, 착한 일을 많이 해야 할 것이다."

"예 스님, 명심하겠습니다."

보덕스님은 제자들과 함께 금강산에서 사흘을 쉬었다.

이 당시만 해도 금강산에는 큰 사찰도 암자도 없었고, 철따라 유람하는 사람도 별로 없었으니 금강산은 그야말로 자연 그대로의 적막 속에 묻혀 있었다.

멀리서 뻐꾸기 우는 소리가 들려왔다.

보덕스님이 제자 명덕을 불렀다.

"이것 보아라, 명덕아."

"예, 스님."

"이제 우리가 영탑사로 다시 돌아가면 한가한 날이 별로 없을 것이다. 그동안 공부하면서 궁금하게 여기던 것이 있거든 지금 물어보도록 해라."

 심정이가 눈을 동그랗게 뜨고는 보덕스님을 쳐다보았다.
 "아니 스님, 부처님께서 세상 떠나실 적에 제자들에게 그렇게 말씀하셨다고 그러셨는데요?"
 "사람은 누구나 인연따라 만나게 되고, 인연이 다하면 헤어지게 되는 법, 심정이 너도 나한테 물어볼 것이 있으면 지금 묻도록 해야 할 것이다."
 제자 명덕이 말했다.
 "하오면 스님, 한 가지만 스님께 여쭙고자 하옵니다."
 "그래, 무엇이던고?"
 "부처님 경책을 공부하자니, 부처님께서는 늘 공덕을 쌓으라고 당부하셨사옵니다."
 "그래, 그러셨다. 바로 공덕이 수행의 근본이라고도 하셨지. 그래 그 공덕이 무엇이 궁금하던고?"
 다시 심정이가 끼어들었다.
 "예, 저도 불경에서 공덕이란 말씀을 많이 보았사온데요, 공덕을 많이 쌓고, 공덕을 많이 베풀면 정말로 좋은 복을 많이 받게 되는 것인지요, 스님?"
 "그래, 허면 명덕이 너도 그 점이 궁금했더냐?"
 제자 명덕이 고개를 끄덕였다.
 "아 예, 저도 뭐 그 점이 알고 싶었사옵니다요, 스님."

"그래, 공덕이라고 하는 것은 남에게 자비를 베풀어 이롭게 하는 것을 이름이니, 어떤 사람이 먼 길을 가다가 개울을 만났다. 개울에 다리가 있으면 건너기 쉬웠을 터인데 그 개울에는 다리가 없었으니 어찌해야 옳겠는고?"

심정이가 대답했다.

"예, 그야 뭐 개울이 깊지 아니하면 옷을 걷어부치고 건너겠습니다요, 스님."

"개울을 건너다가 중간에 넘어지면 어찌 되겠느냐?"

제자 명덕이 대답했다.

"그야 그 사람은 물에 빠져 옷을 적시고 말겠습니다 스님."

두 제자를 번갈아 쳐다보던 보덕스님이 말을 이었다.

"이런 일을 당하여 그 사람은 물에서 나온 뒤 이렇게 생각했다. '이 개울에 다리를 놓으면 나처럼 물에 빠지는 사람은 없을 것이다.' 이렇게 생각한 그 사람은 고생 고생을 해가면서 돌을 굴려다가 놓고 나무둥치를 구해다가 놓아 다리를 만들었으니 그 이후부터는 다른 사람들이 물속에 들어가지도 아니하고 물속에 빠지는 일도 없이, 편안하게 그 개울을 건너게 되었다. 허면 이 개울에 다리를 놓아준 사람은 과연 공덕을 쌓았다고 할 것이냐, 나쁜 일을 했다고 할 것이냐?"

두 제자가 입을 모아 대답했다.

"그, 그야 공덕입지요 스님."

"그래 맞았다. 이런 일이 공덕인줄은 세 살 먹은 어린 아이도 다 아는 일이다. 허나 좋은 일인줄 뻔히 알면서도 그냥 지나치는 사람이 여덟, 아홉이요, 정작 고생을 해가면서 다리를 놓는 사람은 겨우 한 명 아니면 둘에 불과하니, 그래서 부처님께서는 좋은 일인줄 뻔히 알면서도 그냥 지나치는 사람을 무명중생이라 이르셨고, 나쁜 일인줄 뻔히 알면서도 죄를 짓는 사람을 어리석은 중생이라 이르셨다. 또 부처님께서 이르시기를 이렇게 개울에 다리를 놓아 다른 사람들로 하여금 편안하게 개울을 건너게 해주는 공덕을 월천공덕이라 하셨으니, 건널 월자, 개울 천자, 개울을 건너게 해준 공덕이라는 말씀이지."

심정이가 웃으며 말했다.

"하, 하오면 공덕 쌓는 것은 별로 어려운 일은 아니네요, 스님?"

"마음 먹기에 따라서 쉽기도 하고, 어렵기도 한 것이 바로 공덕을 베푸는 일이다. 배고픈 사람에게 음식을 먹이는 것이 급식공덕이요, 헐벗은 사람에게 옷을 입혀주는 것이 의복공덕이요, 목마른 사람에게 물을 먹이는 것이 급수공덕이요, 병든 사람에게 약을 주는 것이 보약공덕이니, 이런 일을 하는 사람에게 어찌 복이 없다 하겠느냐? 부처님은 전생에 배고픈 짐승에게 육신을 내주고 그 공덕으로 이 세상에 태어났다 하셨으니 너희들은 마땅히 알아야 한다. 덕을 베푸는 것이 모든 수행의 근본이니라!"

　두 제자가 고개를 숙이며 대답했다.

　"예 스님, 마음에 깊이깊이 새기겠습니다."

11
자비가 가장 으뜸이니라

보덕스님이 명덕, 심정 두 제자와 함께 다시 영탑사로 돌아오니 당시의 실권자 태태대로로부터 반갑지 않은 소식이 보덕스님을 기다리고 있었다.

제자 명덕이 수심에 찬 얼굴로 말했다.

"스님, 이거 정말 큰일 났사옵니다."

"큰일은 무슨 큰일이란 말이냐? 왕궁으로 들라했으니 내가 가면 될 것이니라."

제자 명덕이 머리를 흔들며 말했다.

"아니되시옵니다 스님, 소승 아무래도 불길한 생각이 드오니 스님께서는 이 길로 피신하시는 것이 좋을 것이옵니다."

보덕스님이 말도 안된다는 듯 큰 목소리로 말했다.

"아니될 소리! 출가 수행자가 무슨 대역죄를 지었다고 구차

하게 몸을 숨긴단 말이냐? 왕께서 부르셨다면 왕을 만나뵐 것이요, 태태대로가 보자고 했으면 태태대로를 만날 것이니 너희들은 그리 알고 내일 아침에 떠나도록 행장이나 꾸려 놓아라."

심정이도 걱정스럽게 말했다.

"아이고 스님, 아니되시옵니다. 그러셨다가 무슨 일이라도 당하시오면 대체 어찌하시려고 이러시옵니까요, 예? 스님."

그러나 보덕스님은 태연하게 말하는 것이었다.

"걱정할 것 없다! 이 늙은 중, 부처님이 지켜주실 것이요, 조사님들이 보살펴 주실 것이니 대체 무엇이 두렵겠느냐!"

다음날 보덕스님은 평양성으로 들어가서 잠시도 저체하지 아니한 채 곧바로 왕궁으로 당당하게 들어갔다.

연개소문을 만난 보덕스님이 말했다.

"소승을 찾으셨다 하기에 이렇게 찾아뵈었소이다."

"그렇지 아니해도, 이제나 저제나 하고 기다리고 있었소이다."

"하오면 소승을 태태대로께서 찾으셨사옵니까?"

"그렇소! 우선 좀 앉으시오, 대사!"

"고맙소이다."

보덕스님이 앉자 연개소문이 입을 열었다.

"대사께서도 이미 들어 알고 계시겠지만 근자에 우리 고구려

에서는 괴이한 일이 일어나고 있어요."

보덕스님이 연개소문을 쳐다보았다.

"어떤 일을 괴이하다 하시는지요?"

"오뉴월 삼복 더위에 때아닌 뇌성벽력에 밤톨만한 우박이 쏟아져서 농사를 망쳤는가 하면……."

"그리고 또 다른 괴이한 일이 더 있단 말씀이십니까?"

"며칠전 평양성문 밖 어느 농가에서는……."

연개소문은 갑자기 주위를 살피고는 목소리를 낮추어서 말을 이었다.

"이건 대사만 알고 있어야 하오. 이 소문이 노 잘못 퍼지면 민심이 더 흉흉해질 것이니 말이오."

"무슨 말씀이신지 들어나 보십시다."

"어느 농가에서 송아지 한 마리를 낳았는데, 세상에 글쎄 머리가 둘 달린 송아지가 나왔단 말씀이오!"

"허허 저런, 그런 일이 다 일어나다니요."

"그뿐만이 아니오! 평양성 북문 밖 고개마루에 밤마다 귀신이 나타나서 곡을 하고 사라진다는 소문이 퍼지기 시작했으니 대체 이게 무슨 해괴망칙한 일인지 알 수가 없단 말이오!"

보덕스님이 대수롭지 않다는 듯 말했다.

"그야 소승도 풍문에 듣기는 들었소이다마는, 아 그런 귀신

곡한다는 소문이야 백성들 사이에서 자주 떠도는 일 아니겠소이까?"

연개소문이 머리를 흔들었다.

"허지만, 이번에 퍼진 귀신 소문은 그 귀신이 보통 귀신이 아니라 억울하게 죽은 장수귀신이라고 하니, 이거 이대로 두었다가는 민심이 심상치가 않게 생겼단 말씀이오."

"허허 거 그렇다면 그거 걱정이 되시겠소이다만……."

연개소문이 급하게 말을 이었다.

"그래서 내 생각다 못해 대사를 좀 만나자고 한 것이오. 대사는 듣자하니 천안통을 얻은 도사라고들 하던데, 어떻소이까? 불도의 힘을 빌어 이 괴이한 변고들을 물리쳐 줄 수는 없겠소이까?"

갑자기 보덕스님이 웃음을 터뜨렸다.

"허허허허- 그러니까 소승더러 불도의 힘을 빌어 근자에 일어나는 괴이한 변고들을 다 물리치고, 앞으로는 두 번 다시 이러한 괴이한 변고가 일어나지 아니하도록 방편을 써달라, 이런 말씀이시옵니까?"

연개소문이 고개를 끄덕였다.

"그렇소이다."

보덕스님이 연개소문을 똑바로 쳐다보며 말했다.

"아 그런 방편이야 우리 불도가 무슨 힘이 있겠소이까? 천신, 지신, 수신에게 참회문을 써바치고 부적을 태워서 먹이는 천하 제일인 중국 도사님들에게 부탁을 하셔야지요."

연개소문이 애가 닳아서 말했다.

"이것 보시오 대사, 말씀을 어찌 그렇게 하시는 게요?"

보덕스님은 별 것을 다 걱정한다는 듯 말했다.

"이 병, 저 병, 만병통치는 물론이요, 믿기만 하면 누구나 불로장생에다가 신선까지 만들어주는 신통술을 자유자재로 부리신다는 중국 당나라 도사님들이 여덟 분이나 와계신다던데, 그래서 그분들을 모시기 위해서 우리 절간까지 비워준 터인데, 이런 일은 마땅히 그 도사님들께 맡기셔야 효험이 있을 것이 아니겠습니까?"

연개소문의 목소리가 커지기 시작했다.

"이것 보시오 대사, 그동안 도사들을 시켜 세 번 네 번 제사를 지내게 하고 방편을 써보게 했지만 아직껏 아무 효험이 없으니, 그래서 대사를 부른 게 아니오?"

보덕스님이 조용한 목소리로 말했다.

"하지만 태태대로님, 구멍을 파도 한 구멍을 팠다고 여기다 제사를 지내게 했다가, 또 저기서 제사를 지내게 하면 아귀신도 헷갈려서 왔다갔다 우왕좌왕하지 않겠습니까?"

연개소문이 민망한지 헛웃음을 웃었다.
"허허, 이것 보시오 대사!"
"아, 이치가 그렇더라 그런 말씀이지요 소승의 말은……."
연개소문의 목소리가 다시 커졌다.
"아니 그러면, 어명이라고 해도 거절하겠다 그런 말이시오?"
보덕스님이 태연하게 말했다.
"아 어명이라 하옵시면 무슨 일이든 감히 어찌 거절이라는 말을 입에 담을 수가 있겠소이까마는 소승 영탑사로 돌아가서 부처님의 힘을 빌어 한 가지 방편을 마련해 놓을 것인즉, 사흘 후에 태태대로께서 영탑사 법당을 참배하시고, 그러시고 나서 방편을 받아가도록 하십시오."
연개소문이 쾌히 응했다.
"좋소! 그러면 그리 하도록 합시다!"
도대체 보덕스님은 어찌 하려고 이렇게 약조를 했는지 알 수가 없는 일이었다.
그러나 영탑사로 돌아온 보덕스님은 무슨 특별한 방편이라도 이미 다 만들어 놓았는지 아무 걱정도 아니하고 그저 예불 올리고, 경을 읽고, 참선을 하며 편안하게 잘 지내는 것이었다.
드디어 태태대로와 약조한 사흘 후가 되었다.
심정이가 걱정스러운 얼굴로 보덕스님을 쳐다보았다.

"스님, 바로 오늘이 저 무서운 태태대로가 법당에 오기로 했다는 날이옵니다요."

보덕스님이 태연하게 대답했다.

"그래, 알고 있느니라."

심정이가 애가 타서 말했다.

"아이고 스님, 알고만 계신다 하시면 어쩌시옵니까? 정말 무슨 방편이라도 준비해 두셨사옵니까요?"

"너희들은 걱정할 것이 없느니라. 법당 청소는 제대로 잘 해 두었느냐?"

심정이가 시큰둥하게 대답했다.

"아 그야 매일처럼 하는 일이온데 오늘이라고 허트로 했겠습니까요?"

보덕스님이 고개를 끄덕이며 말했다.

"그러면 되었느니라. 아무 걱정하지 말고 네 할 일이나 하도록 해라."

그런데 잠시후 멀리서 말 우는 소리가 들려오는 것이었다.

심정이가 깜짝 놀라며 말했다.

"아이구 스님, 그 무서운 사람이 들이닥쳤습니다요 스님!"

보덕스님은 여전히 태연하게 말했다.

"걱정할 것 없다. 내가 곧 나갈 것이니라!"

보덕스님은 위의를 갖춘 뒤 절밖까지 나가서 태태대로 연개소문을 맞이했다.

"어서 오십시오. 험로에 노고가 많으셨을 줄 아옵니다."

연개소문이 말 위에서 주위를 둘러보며 말했다.

"산속에 들어와 보니 경치가 아주 썩 좋소이다 그려."

보덕스님이 말 위에 있는 연개소문을 올려다보며 말했다.

"자, 그럼 어서 말에서 내리십시오. 법당으로 모시겠습니다."

연개소문의 눈이 휘둥그레졌다.

"아니, 날더러 말에서 내리란 말씀이오?"

보덕스님이 조용히 말했다.

"부처님이 이 세상에 살아계실 적부터 천축국 여러 왕들께서도 부처님을 뵈올 적에는 어가에서 내려 반드시 걸어가서 뵈었다고 하옵니다. 그래서 불가의 법도에는 사찰 경내에 마차나 말을 들여놓지 못하게 되어 있습지요."

연개소문이 마지못해 말에서 내리면서 말했다.

"알았소이다. 내 오늘은 대사가 시키는대로 하겠소만은……자, 그럼 어서 앞장을 서시오."

보덕스님이 앞장 서서 걸으며 말했다.

"예, 소승이 법당으로 모시겠습니다."

당시 고구려 왕권을 한 손에 쥐고 흔들던 태태대로 연개소문

 을 법당으로 인도한 보덕스님은 연개소문으로 하여금 부처님께 세 번 절하게 하고 장중한 예불을 올려주었다.
 예불을 마친 뒤, 보덕스님은 제자들을 법당에서 모두 나가게 한 다음에 태태대로와 단 둘이 법당에 앉았다.
 "부처님께 예불을 드리고 나니, 이제 마음이 좀 편해지셨소이까?"
 연개소문이 우물거리며 대답했다.
 "그, 글쎄올시다…… 마음이 좀 편해진 것도 같고, 그저 그런 것 같기도 하고……."
 보덕스님이 조용히 말했다.
 "이제 편안하신 마음으로 부처님을 한 번 올려다 보시지요."
 연개소문이 불상과 보덕스님을 번갈아 쳐다보며 말했다.
 "부, 부처님을 쳐다 보라구요?"
 "자 보십시오. 부처님께서는 지금 태태대로님을 조용히 내려다 보시면서 빙긋이 웃고 계십니다. 그리고 지금 부처님께서는 태태대로님께 조용히 말씀을 하고 계십니다."
 연개소문이 놀라며 말했다.
 "나, 나한테 말씀을 하고 계신단 말입니까?"
 보덕스님이 고개를 끄덕였다.
 "잘 들으십시오. 부처님께서는 지금 태태대로님께 이렇게 말

쏨하고 계십니다. '모든 행 가운데서 자비가 가장 으뜸이니 모든 중생을 자비로써 대하라. 중생을 아끼고 사랑하는 마음이 바로 자요, 중생을 가엾이 여기고 감싸주려는 마음이 비이니, 언제 어디서나 누구에게나 자비로 대하고, 자비로 섬기고, 자비로 보살피면 미움도 성냄도 다 사라지나니, 그래서 자비를 으뜸이라 하느니라."

연개소문이 되뇌었다.

"자비라…… 자비를 베풀어라……?"

"그렇습니다."

불상을 물끄러미 바라보던 연개소문이 보덕스님에게로 고개를 돌렸다.

"허나, 이것 보시오 대사."

"예, 말씀하시지요."

"나는 오늘 괴변을 막을 방도를 알고자 이 절까지 왔소이다."

보덕스님이 태연하게 대답했다.

"그야 그렇습지요."

"삼복 더위에 때아닌 우박이 쏟아져서 농사를 망치고, 성문 밖에서는 귀신이 밤마다 곡성을 낸다하고, 머리가 둘 달린 송아지가 태어나는 괴변이 연달아 일어나고 있으니, 그런 괴변을 대체 어찌하면 막을 수 있겠는지, 그것이나 어서 일러 주시오."

 마치 빚쟁이가 빚을 받으러 온 것처럼 연개소문이 졸라대자, 보덕스님이 태연하게 대답했다.
 "소승이 방금 전해드린 부처님 말씀, 그 말씀이 괴변을 막는 방도인 줄 아옵니다."
 연개소문이 답답하다는 듯 말했다.
 "허허, 이거 동문서답도 분수가 있어야지. 원, 아니 그러면 이 세상 모든 사람에게 자비, 자비, 자비만 베풀면 우박도 그치고 귀신도 사라지고, 머리 둘 달린 송아지도 안나온다 그런 말씀이시오?"
 보덕스님이 연개소문을 똑바로 쳐다보며 타이르듯이 말했다.
 "여름에 우박이 쏟아진 것은 금년만 있는 괴변이 아니요, 백성들 사이에서 귀신 이야기가 번진 것도, 머리 둘 달린 송아지가 태어난 것도 꼭 금년에만 일어난 괴변이 아닙니다. 허나, 나라 안에 자비가 넘치면 그 소문이 널리 퍼지지 아니하고 민심이 흉흉해지지는 아니할 것이나 백성들이 무서움에 떨고 불안해하는 일이 잦으면 소문은 하룻밤에 두 배 세 배로 자꾸 커져서 나라가 온통 유언과 비어로 가득 차게 될 것이니 태태대로께서는 이 점을 통찰하시고 어서 빨리 자비를 베푸심이 좋을 줄로 아옵니다."
 연개소문이 얼굴을 찡그리며 보덕스님에게 물었다.

"이것 보시오 대사, 자꾸 그렇게 자비, 자비, 자비를 베풀라고만 하는데 무슨 자비를 대체 어떻게 베풀라는 것입니까?"

보덕스님이 온화한 얼굴로 말했다.

"기왕 이렇게 법당에 참배오신 김에 한 가지만 부처님께 약조를 하도록 하시지요."

연개소문이 얼굴을 찡그렸다.

"무슨…… 약조를 하라는 말이시오?"

"첫째로는 옥에 갇힌 백성들 가운데 억울한 사람은 없는지 다시 한 번 살펴서 방면하실 일이요, 둘째로는 나라의 양곡 창고를 열어 굶주리는 백성을 살리실 일이요, 셋째로는……"

연개소문이 손을 내저으며 보덕스님의 말을 막았다.

"이것 보시오 대사! 그 다음은 들어보지 아니해도 알겠소이다! 나는 그만 돌아가겠소!"

이날 태태대로는 벌컥 화를 내며 왕궁으로 돌아가고 말았다.

보덕스님도 더 이상 할 말을 잃고 염주만 굴리고 있었다.

심정이가 보덕스님을 쳐다보며 걱정스럽게 물었다.

"스님, 대체 어찌된 일이신지요?"

보덕스님이 낮은 한숨을 쉬며 말했다.

"손에 구슬을 쥐어 주어도 구슬인줄 모르고, 입에 약을 넣어 주어도 뱉어버리는 중생은 부처님도 구할 수가 없는 법이니

라."

"아니 하오면 스님……"

보덕스님은 두 눈을 감았다.

"…… 나무관세음보살…… 나무관세음보살…… 나무관세음보살."

12
평양성에 내린 적설

한 여름에 난데없는 우박이 쏟아져서 농사를 망치더니, 그 후로는 또 지독한 가뭄이 들어서 이번에는 채소마저 말라죽을 지경에 이르렀다.

세상 인심은 갈수록 흉흉해질 수 밖에 없었다.

하루는 심정이가 보덕스님을 부르며 급히 뛰어왔다.

"스님, 스님, 이 일을 정말 어찌하면 좋겠사옵니까요, 스님?"

보덕스님이 나무라는 목소리로 말했다.

"무슨 일인데 그리 엄살부터 부리는고?"

"아이고 스님, 엄살이 아니옵니다요. 산에서 수각으로 흘러내리던 물이 사흘 전에 끊기더니, 오늘부터는 감로천 샘물마저 나오지 아니합니다요."

"그러면 법당에 정화수 공양도 올리지 못할 지경이란 말이더냐?"

"겨우 겨우 법당에 공양은 올렸사옵니다만 공양지을 물도 없사옵니다요 스님."

"허면, 어서 가서 명덕이를 불러 오너라."

"예, 스님."

보덕스님은 제자 명덕을 불러 앉히고는 입을 열었다.

"명덕이 너는 수각에 물이 끊긴 지 사흘이 지난 것을 알고 있었더냐?"

제자 명덕이 고개를 끄덕이며 대답했다.

"예, 알고 있었사옵니다."

보덕스님이 답답하다는 듯 말했다.

"허허, 이런 녀석을 보았는가! 수각에 물이 끊기고 감로천이 말라붙으면 대체 이 많은 대중들을 어찌 살리려고 보고만 있단 말이던고?"

제자 명덕이 우물거리며 대답했다.

"그렇지 아니해도 걱정이 되어서 비가 언제나 오려나 자꾸 하늘만 쳐다보았습니다요 스님."

보덕스님이 탁상을 내리치며 말했다.

"허허, 이런 멍청한 녀석을 보았는가! 아니 그래 네가 하늘을 쳐다보면 아니오던 비가 내려 온다더냐?"

"잘못…… 되었사옵니다. 스님."

보덕스님이 호통을 쳤다.

"아, 이 녀석아! 하늘을 봐야 별을 따고, 샘을 파야 물을 긷는다고 했으니 수각에 물이 끊기고 감로천에 물이 마르면 어디 다른 곳에라도 우물을 파야 할 일이 아니더냐?"

제자 명덕이 얼른 대답했다.

"오늘부터라도 우물을 하나 더 파보도록 하겠사옵니다."

보덕스님이 조용히 타이르기 시작했다.

"내 일찍이 너에게 일렀느니라. 오동나무 잎이 지는 것만 보아도 머지않아 겨울이 오는 줄을 알아야 한다고 말이다."

제자 명덕이 고개를 숙이고는 어쩔 줄을 몰라했다.

"…… 잘못되었사옵니다 스님, 용서하여 주십시오."

"뒷산에 오르자면 거북바위 밑으로 수맥이 있을 것이다. 그 근처에 우물을 하나 파도록 해라."

"예 스님, 분부대로 하겠습니다."

명덕이가 일어서려 하자 보덕스님이 덧붙였다.

"그리고 명덕이 너는……"

"예 스님."

"우물을 새로 파서 물을 마실 수 있을 때까지 왕복 사십 리, 마을까지 내려가서 매일 새벽 물 한 지게씩을 길어와야 할 것이다!"

"예 스님, 분부대로 거행하겠사옵니다."

보덕스님은 제자들을 가르침에 있어서는 엄격하기 짝이 없었으니, 이렇듯 소임을 게을리하는 일에는 가차없이 엄한 벌을 내리곤 했다.

그런데 그해 초겨울의 일이다.

심정이가 보덕스님을 찾았다.

"스님, 스님, 심정이가 문안드리옵니다."

보덕스님이 방문을 열고 내다보았다.

"그래 무슨 일이더냐?"

심정이가 방으로 들어와서는 방문을 닫았다.

"예, 저 평양성내에 또 괴변이 일어났다 하옵니다요 스님."

"무슨 괴변이 일어났단 말이던고?"

"예 저, 불공드리러 오신 노보살이 그러시던데요, 며칠 전 평양성내에 적설이 내렸다 하옵니다요."

보덕스님이 심정이를 흘겨보며 말했다.

"원 이런 녀석을 보았는가! 아, 인석아 한문을 섞어서 말을 하는 데도 앞뒤가 맞아야지, 적설이라고 하면 쌓일 적자, 눈 설자, 눈이 쌓였다는 뜻이거늘 적설이 내렸다니 쌓인 눈이 또 어떻게 내린다는 말이더냐?"

 심정이는 그게 아니라는 듯 보덕스님을 쳐다보았다.
 "아이 참 스님께서도…… 저도 그 정도는 다 알고 있습니다요 스님."
 "허허 이런 녀석! 한문을 그렇게 틀리게 쓰면 영탑사 중은 무식하다는 소리를 듣는다."
 심정이가 답답한지 가슴을 치며 말했다.
 "아이고 아니옵니다요 스님, 제가 적설이 내렸다고 말씀드린 것은 쌓일 적자 적설이 아니옵구요 스님, 붉을 적자 적설이라는 말씀이옵니다요 스님."
 보덕스님의 눈이 휘둥그레졌다.
 "무엇이? 붉을 적자 적설이라니?"
 "아이 참 스님, 평양성내에 붉은 눈이 내렸다고 그러더라니까요? 붉은 눈이요."
 "허허 이건 또 무슨 소리던고?"
 "정말이옵니다요 스님, 글쎄 평양성내에 눈이 이렇게 한 자도 넘게 쌓였는데요, 흰눈이 아니라 붉은 눈이 내렸답니다요 글쎄."
 "평양성내에 붉은 눈이 내렸다?"
 "예에 스님."
 "허허, 이거 예삿일이 아니로구먼. 붉은 비가 내렸다는 소리는 들은 일이 있으되 붉은 눈이 내렸다는 말은 내 생전 이거 금시초문이로구나."

　삼국사기 권제 21, 고구려본기를 보면 '동시월 평양적설(赤雪)'이라고 기록되어 있으니 겨울인 시월 평양에 눈이 왔는데 붉은 색이었더라는 뜻이다.

　그러니 세상인심이 갈수록 흉흉해져서 나라의 운명이 급박해져갔다.

　지금으로부터 1300여 년 전인 고구려 보장왕 때에 붉은 눈이 내렸다고 기록되어 있으니, 세상에 무슨 그런 괴이한 일이 있을 수도 있었겠느냐 하고 의심하는 사람도 있겠지만, 알고보면 붉은 비가 내리고, 붉은 눈이 내린 것은 과학적으로도 있을 수 있는 일이다.

　과학이 발달한 요즈음 세상에도 우리는 가끔 황사현상을 볼 수 있다.

　중국대륙에 돌풍이 불어 붉은 흙먼지가 공중에 올라갔다가 눈에 섞여 내리면 그것이 바로 붉은 눈이요, 비에 섞여 내리면 그것이 곧 붉은 비가 되는 것인 셈이다.

　그러나 과학이 발달하지 못했던 당시에는 이러한 붉은 눈, 붉은 비를 보고 세상 사람들은 불길한 징조라 여겼던 것이다.

　더더구나 전란이 일어나고 왕실에 변고가 있었으니 민심이

흥흥해진 것도 무리가 아니었다.

아무튼 이 무렵 보덕스님은 보장왕과 태태대로에게 수차에 걸쳐서 자비를 근본으로 삼아 백성을 다스려 주도록 간했으나 듣지 아니하므로 크게 낙담하고 있었다.

"그대들은 모두 잘들 들어라. 오뉴월에 때아닌 우박이 내리고, 귀신의 곡성이 백성들의 마음을 어지럽히며, 벼라별 해괴한 일들이 백성들을 공포와 불안에 몰아넣고 있거늘, 귀가 있어도 듣지를 못하고, 눈이 있어도 보지를 못하는 무리들이 천하를 호령하고 있으니, 이는 바로 세 살 아이를 천 길 벼랑 위에 세워놓은 것과 같구나.

그동안 나라에서는 헐벗고 굶주리는 백성들을 보살피기는커녕 이웃나라인 신라와 싸우기를 실로 백여 회요, 중국과 싸우기 수십 회, 세상 어디를 둘러 보아도 피비린내가 아니나는 곳이 없게 되었고, 신음 소리 아니나는 곳이 없게 되었으니, 이때를 당하여 과연 그대들은 어찌 하려는고?"

그러나 보덕스님의 물음에 대답하는 제자는 아무도 없었다.

잠시 주위를 둘러보던 보덕스님은 다시 말을 이었다.

"우리 불가는 근자에 중국에서 건너온 도사들에게 사찰을 빼앗기는 법난을 당했거니와 머지 아니해서 그 화가 바로 이 영탑사와 반룡사에도 미치게 될 것이니, 그대들은 각자, 앞으로의 일을 심사숙고하여 각오하는 바가 있어야 할 것이다. 내 말 모두들 알아들었느냐?"

제자들이 침통한 얼굴로 대답했다.

"예 스님, 잘 알았사옵니다."

안시성의 싸움을 통해 당나라 대군을 기어이 물리친 당시의 실권자 연개소문은 더더욱 기고만장하여 권력을 한 손에 틀어쥐고 세상을 호령하였다.

하루는 마을에 내려갔다 온 심정이가 보덕스님에게 말했다.

"스님, 소승 오늘 산아래 마을에 내려갔다 왔사온데요, 세상 사람들이 모두 벙어리가 되어 있었습니다요 스님."

보덕스님이 심정이를 쳐다보며 물었다.

"벙어리가 되어 있더라니, 너 그게 대체 무슨 소리더냐?"

"예, 괴이한 소문을 퍼뜨리거나 옮기는 자는 국법을 어겼다 하여 잡아간다 하옵니다요."

"아니 그래서 백성들이 이제는 말조차 마음대로 못하고 살더라 그런 말이더냐?"

심정이가 고개를 끄덕였다.

"입 한 번 잘못 뻥긋했다가는 잡혀가서 옥살이를 시킨다는데, 감히 어느 누가 입을 열려고 하겠습니까요?"

보덕스님이 한숨을 내쉬며 탄식하였다.

"백성들 입에 재갈을 물리고, 백성들을 잡아다가 옥에 가두고, 호령만 일삼는 왕실은 결코 오래가는 법이 없었거늘, 대체 이 일을 어찌하면 좋단 말이던고……."

심정이가 작은 목소리로 말했다.

"그, 그런데요 스님, 이건 정말 스님만 알고 계셔야 합니다요."

"무슨…… 일이기에 그러느냐?"

"제가 오늘 마을에서 슬쩍 들은 얘긴데요 스님, 나라를 세우신 동명성왕님의 어머님을 성모님이라고 그리지 않습니까요?"

"그래. 성스러우신 어머님이시다라는 뜻으로 성모님이라고들 불러왔지."

심정이가 눈을 동그랗게 뜨고 말했다.

"글쎄 그 성모님의 얼굴 모습을 돌로 새겨서 왕궁에 잘 모셔놓았다고 그러는데요. 세상에 글쎄 그 성모님 석상이 피눈물을 사흘동안 흘리셨다고 하옵니다요."

"성모님 석상이 피눈물을 사흘이나 흘리셨다?"

"예, 스님."

보덕스님이 심정이를 가볍게 흘기며 말했다.

"에이끼 녀석! 그런 거짓말을 함부로 또 했다간 너 영락없이 유언과 비어를 퍼뜨린 죄로 잡혀갈 것이니라!"

심정이가 억울하다는 듯 눈을 크게 뜨고 말했다.

"아이구 스님, 거짓말이 아니옵니다요. 석상이 피눈물을 흘리는 것을 직접 두 눈으로 보았다는 사람이 그렇게 말하는 걸 들었다고 그러면서 전해주더라구요 스님."

보덕스님이 심정이를 꾸짖었다.

"너 이 녀석, 자고로 백문이 불여일견이라, 백 번 듣는 것보다는 한 번 제 눈으로 보는 게 낫다고 했거늘 어디서 그런 헛소문을 듣고와서 옮긴단 말이더냐? 공연히 허튼 소리 함부로 옮기면 스스로 화를 자초하게 되는 법, 그래서 부처님께서는 말을 삼가고 조심하라 하셨느니라. 내 말 알아들었느냐?"

심정이가 힘없이 대답했다.

"예 스님."

그런데 바로 그 다음날이었다.

삼국사기의 기록에 의하면 서기 650년, 고구려 보장왕 9년 6월 초의 일이었다.

영탑사 경내에 말 울음소리가 들리더니 관졸의 목소리가 들려왔다.

"어명이오! 영탑사 보덕대사는 어서 나와 어명을 받으시오!"

밖에서 어서 나와 어명을 받으라는 서릿발같은 소리가 찌렁

찌렁 울려왔으니, 보덕스님은 위의를 갖춘 뒤 밖으로 나갔다.

그리고는 관졸에게 큰 소리로 꾸짖었다.

"이것 보시오. 이곳은 부처님을 모신 신성한 수행도량이거늘 감이 어찌 말을 타고 들어왔단 말이시오?"

그러나 관졸은 조금도 머뭇거림이 없이 말하는 것이었다.

"여러 소리 말고 어명이나 받으시오. 이 절간은 6월 초열흘에 왕실에서 접수하여 도사들을 상주하게 할 것이며 도관으로 개칭할 것이니, 절간에 있는 승려는 단 한 명도 남김없이 이 절간에서 떠나도록 하라는 어명이 내렸소이다!"

"……"

잠시후 관졸이 다시 크게 말했다.

"어명을 전했으니 나는 그만 가겠소이다! 자, 다들 그만 돌아가자."

보덕스님은 아무런 말이 없었다.

이미 각오는 하고 있었지만 막상 이런 청천벽력같은 어명을 받고 보니, 기가 막혔던 것이다.

한동안 말이 없던 보덕스님이 힘없이 심정이를 불렀다.

"이것 보아라, 심정아."

"예 스님."

"이젠 꼼짝없이 이 절에서 내쫓기게 되었으니 너는 대체 어찌 하려는고?"

심정이가 울상을 하고 대답했다.

"소승. 스님께서 가시는대로 따라 가겠사옵니다."

"이 늙은 중 따라가봐야 얻을 것이 없느니라."

심정이가 고개를 흔들며 말했다.

"아니옵니다 스님, 저는 기어이 스님을 따라가서 모시고자 하옵니다."

"글쎄 인석아, 늙은 중 따라가봐야 저승밖에 더 가겠느냐?"

그러나 심정이는 물러서지 않았다.

"저승이든 지옥이든 저는 스님만 따라갈 것이오니 허락하여 주십시오."

보덕스님은 대답하지 않고 심정에게 일렀다.

"다들 먼길 떠날 채비를 갖추도록 일러라. 이제 초열흘은 사흘밖에 남지 않았느니라."

심정이가 힘없이 대답했다.

"…… 예 스님."

"속가로 돌아갈 사람은 속가로 돌아가고…… 산속으로 들어갈 사람은 산속으로 들어가되, 내가 이미 나누어준 불경책만은 모두들 소중히 간직하라 일러라."

"예 스님, 스님 분부하신대로 전하겠사옵니다."

보덕스님이 다시 심정이를 불렀다.

"내 지팡이 좀 가져오너라."

"어디…… 다녀오시게요, 스님?"

보덕스님이 힘없이 고개를 끄덕였다.

"그래, 임금님도 배알하고 태태대로도 만나고, 하직 인사를 드리고 와야겠다."

그러나 보덕스님은 보장왕을 만나뵐 수가 없었다.

예나 지금이나 높은 분은 인의 장막에 가려 있어서 직접 대면하기가 어려웠던 것이다.

그대신 보덕스님은 태태대로를 대면할 수 있었다.

"어명은 잘 받았소이다. 하명하신대로 사찰을 비울 것이니 그리 아십시오."

"이것 보시오, 대사!"

"말씀하시지요."

"대사가 오늘이라도 도교로 개종을 해서 도사가 되겠다고 하면 내 대사를 국사로 천거할 수도 있는데 대사의 생각은 어떠하시오?"

보덕스님이 눈을 크게 떴다.

"소승더러 불도를 버리고 도교로 개종하라 함은 아버지를 바꾸라는 것과 같은 큰 욕이니, 소승은 듣지 아니한 것으로 여기고자 합니다."

연개소문이 다시 말했다.

"불도나 도교나 그거 모두 사촌지간이나 마찬가지일텐데 바꿔서 안될 것이 뭐 있겠소이까?"

보덕스님이 연개소문을 똑바로 쳐다보며 말했다.

"소승 차라리 다시 머리를 기르고 속세로 돌아가 농부가 될지언정 삿된 교를 믿는 일은 없을 것입니다. 오늘 이렇게 하직 인사를 드리러 온 김에 한 가지만 말씀을 올리고자 하니 들어주십시오."

연개소문이 거만하게 말했다.

"무슨 말인지 어디 한 번 해보시오 대사!"

"전에도 말씀을 드렸사옵니다마는, 피묻은 칼끝에는 반드시 원한과 재앙이 따르는 법입니다. 다시 한 번 바라거니와 부디 자비로 세상을 보살피셔서 후환을 없애도록 하십시오."

연개소문이 답답하다는 듯 보덕스님을 쳐다보았다.

"대사는 도대체 만나기만 하면 그 자비타령만 하고 있으니, 자비가 적군을 물리쳐 준답디까, 자비가 국토를 되찾아 준답디까?"

보덕스님이 간곡하게 다시 말했다.

"노여워하지 말고 들으십시오. 마상에서 천하를 잡을 수는

있어도, 마상에서 천하를 다스릴 수는 없는 법입니다."

연개소문이 얼굴을 찌푸렸다.

"무엇이라구? 마상에서 천하를 잡을 수는 있어도, 마상에서 천하를 다스릴 수는 없다?"

"말 위에 올라 앉아 창과 칼로 천하를 얻을 수는 있으나, 말 위에 올라 앉아 창과 칼로 백성을 다스릴 수는 없다는 말씀이지요."

연개소문이 기분나쁜 표정으로 말했다.

"이것 보시오 대사! 나도 대사한테 한 마디 해둘 말이 있소이다!"

"말씀하시지요."

"앞으로 보덕대사가 찾아가는 절간은 그 절간이 어떤 절간이든지 하나도 남김없이 모조리 다 내가 접수해서 도관으로 만들어버릴 것이니 이 점을 명심하도록 하시오!"

보덕스님은 눈 하나 깜짝하지 않고 말했다.

"잘 알겠소이다. 이제 소승 하직할 때가 되었으니 한 말씀만 더 올리고 물러가겠습니다."

연개소문이 귀찮다는 듯 말했다.

"무슨 소리를 더 하겠다는 게요 대체?"

"부처님께서 일찍이 이르시기를 콩 심으면 콩 나고, 팥 심으면 끝 난다고 하셨으니 두고 보시면 이 진리를 아시게 될 것입니다."

13
사랑도 망상이요, 미움도 망상이라

　보덕스님은 그 길로 왕궁을 나와 영탑사로 돌아온 뒤, 곧바로 제자들을 한 자리에 불러 모았다.
　멀리서 소쩍새 우는 소리가 들려왔다.
　"이제 우리가 이렇게 이 절에서 저 소쩍새 우는 소리를 듣는 것도 오늘 밤이 마지막이 될 것이다."
　잠시 말을 멈추고 주위를 둘러보던 보덕스님이 말을 이었다.
　"모두들 떠날 채비는 다 했으렷다?"
　"예 스님."
　"이 땅에 부처님 정법이 전해진 지 근 300년, 모진 비바람과 북풍한설에도 잘 견뎌왔더니 오늘 창과 칼이 주인된 세상을 만나 핍박을 받게 되었다.
　허나 그대들은 낙담할 일이 아니니 자비로우신 부처님의 가르침, 지혜광명이신 부처님의 정법은 세세생생 이 땅에서 멸하지 아니하고 갈수록 융성해서 고해바다 중생들을 건져주실 것이다.

비록 오늘 우리가 인연이 기구하여 속가로 돌아가는 사람, 동으로 가는 사람, 서로 가는 사람, 북으로 가는 사람, 남으로 가는 사람 등 갈 길이 다르다마는, 어디로 가서 무엇을 하고 살든 부처님의 가르침을 촌시도 잊지 말아야 할 것이요, 단 한 사람에게라도 부처님의 가르침을 전하고 또 전해서, 이 세상 모든 중생들이 욕심을 줄이고 미워하지 아니하며, 성내지 아니하고 어리석지 아니해서, 이 세상 근심 걱정 모두 벗어나서 착하고 지혜롭고 편안하게 살도록 인도해야 할 것이다.

내가 당부할 말은 열 번을 해도, 백 번을 해도 바로 이 말 뿐이니라."

제자 명덕이 물었다.

"하오시면 스님께서는 대체 어디로 가실 작정이시온지요?"

보덕스님이 제자들을 둘러보며 대답했다.

"나는 내일중으로 이 고구려 땅을 벗어나야 할 것이다."

제자들이 모두들 고개를 저었다.

"아니되시옵니다 스님, 저희들을 이끌어 주시옵소서."

보덕스님이 침울하게 말했다.

"너희들은 모르거니와 내가 이 고구려 땅에 남아있게 되면 어느 절 하나도 남기지 아니하고 도관으로 빼앗기게 될 것이다. 그나마 고구려 땅에 절간 하나라도 제대로 남게 하자면 이 부덕한 늙은 중이 불가불 고구려를 떠나야 할 것이니 그렇게들 알아라."

심정이가 보덕스님을 쳐다보며 물었다.

"하오시면 스님께서는 대체 어디로 가시려 하시옵니까?"

"여기서 천 리도 더 떨어진 곳, 백제 땅 고대산으로 갈 것이니라."

심정이가 고개를 갸웃했다.

"하오나 스님, 백제는 우리 고구려의 적국이 아니옵니까?"

"신라건 백제건 모두가 한 핏줄, 천지가 한 뿌리요 산하만물이 한 몸이거늘 불도를 닦고 폄에 어찌 적국이 따로 있겠느냐? 사랑도 망상이요, 미움도 망상이니 분별심을 버려야 도를 이룬다 하셨느니라."

말을 마친 보덕스님은 제자들을 채근했다.

"자 그럼, 법당으로 올라가서 마지막 예불을 모시도록 하자."

부처님께 올리는 마지막 예불에 보덕스님도 제자들도 모두 다 목이 메었다.

예불이 끝난 후, 보덕스님은 도량 구석구석을 다시 한 번 돌아보고는 떠날 채비를 하기 시작했다.

그런데 제자들이 모두 스님의 방문 밖에서 무릎을 꿇고 앉아서 말하는 것이었다.

"스님, 어서 떠나도록 하십시오. 저희들도 스님을 따라 가기로 했사옵니다."

보덕스님이 방문을 열고는 놀라서 커진 눈을 하고 말했다.

"무슨 소리더냐? 나는 분명히 너희들에게 속가로 가건, 동으로 가건 마음대로들 하라고 그러지 않았느냐?"

심정이가 얼른 말했다.

"아니되시옵니다 스님, 속가로 돌아갈 사람은 한 사람도 없사옵고 모두들 스님을 따라가 모시기로 했사옵니다."

보덕스님은 말도 안된다는 듯 고개를 흔들었다.

"안될 소리! 모두들 흩어져야 할 것이니라."

제자들이 입을 모아 말했다.

"아니되시옵니다 스님, 저희들을 모두 거두어 주십시오."

보덕스님이 다시 고개를 흔들었다.

"허허, 안된다는 데도 그러는구나. 너희들이 모두 이렇게 우루루 몰려가면 고구려 군사들이 쳐들어 오는 줄 알고 백제 군사들이 놀랄 것이니라."

한 제자가 말했다.

"하오면 저희들은 따로 가라 하시옵니까요 스님?"

잠시 생각하던 보덕스님이 조용히 입을 열었다.

"정 불도를 버릴 수가 없거든 백제 땅 완산주 고대산으로 올 것이로되, 두 사람씩, 세 사람씩 따로따로 와야할 것이다."

"예 스님, 분부대로 하겠습니다."

보덕스님이 걱정스럽게 한 마디 했다.

"허나 여기서 고대산은 천 리도 넘는 길, 결코 쉬운 일이 아닐 것이니라."

"예 스님, 잘 알고 있사옵니다."

보덕스님은 고개를 끄덕이고는 심징이를 쳐다보았다.

"그리고 심정이 너는……"

기다렸다는 듯 심정이가 얼른 말했다.

"예 스님, 저는 스님을 모시고 함께 가겠사오니 허락하여 주십시오."

보덕스님이 타이르듯이 말했다.

"여기서 고대산이 천 리도 넘는다 하였거늘 나이 어린 네가 감히 어찌 따라가겠다고 나서는고?"

심정이가 완강하게 말했다.

"천 리 길 아니라 만 리 길이 넘더라도 소승 기어이 스님을 따라갈 것이오니 그리 아십시오."

"허허 이 녀석, 고집부릴 일을 고집부려야지. 너는 내가 어디 적당한 암자에 맡겨줄 것이니 거기서 편히 지내는 게 좋을 것이니라."

심정이가 다시 고개를 흔들며 말했다.

"아니되시옵니다 스님, 스님께서 정 소승을 떼어놓고 가시겠다 하오시면 소승은 차라리 천 길 벼랑에서 뛰어내려 이 세상을 하직하고 말 것이옵니다요."

"허허 이 녀석 이거 어찌 이리 고집이 황소 고집이던고?"

"소승 결코 황소 고집이 아니오라 달마스님 고집이옵니다. 스님께서도 그만한 고집이 있어야 도를 이룬다 하시지 않으셨습니까?"

보덕스님이 심정이를 가만히 쳐다보다가 말했다.

"네 결심이 정녕 그러하더냐?"

"예 스님, 천 리 길 걸어가다가 죽는 한이 있더라도 기어이 스님을 모시겠습니다."

보덕스님이 할 수 없다는 듯 고개를 내둘렀다.

"별 수 없구나. 그럼 어서 앞장을 서거라."

보덕스님이 고구려를 떠나 멀고 먼 백제 땅 완산주 고대산으로 옮긴 것은 삼국사기에 기록이 되어 있다.

이 때가 바로 서기로는 650년, 보장왕 9년 6월의 일이었다.

백제 완산주 고대산은 지금은 전라북도 완주군 구이면에 있는데 이 당시 고구려 스님이 고구려를 떠나 백제로 간 것은 요즘같으면 일종의 망명이나 마찬가지라 하겠다.

삼국유사나 삼국사기의 기록에는 보덕화상이 나라에서 도교를 받들고 불법을 믿지 아니하니 백제 땅 완산주 고대산으로 옮겨 갔다고 간단히 적혀 있다.

그러나 당시 고구려 땅에서 약 1200리나 멀리 떨어진 고대산까지 가는 동안 얼마나 고생이 많았을지 짐작하고도 남을 일이다.

더구나 이 당시 고구려와 백제와 신라 3국은 서로 세력 다툼을 치열하게 벌이고 있었으니 고구려 사람이 국경을 넘어 백제 땅으로 들어가는 것은 참으로 위험천만한 일이기도 했다.

아무튼 이 때 보덕스님은 나이 어린 제자 심정이와 또 다른 제자 명덕과 세 사람이 일행이 되어 남으로 남으로 내려가고 있었다.

하루는 나이 어린 심정이가 먹을 것을 얻으려고 마을로 내려갔다가 백제 순라꾼의 눈에 뜨이고 말았다.

"여, 여보십시오, 주인 계시옵니까요, 예?"

심정이가 마을의 어느 집 앞에서 주인을 부르고 있는 것을 지나가던 백제 순라꾼이 수상하게 생각하였다.

"야 이 녀석 봐라, 너 대체 무슨 일로 이 집 앞을 기웃거리고 있느냐?"

심정이가 겁먹은 얼굴로 우물쭈물 대답했다.

"예? 아, 저 먹을 것을 좀 얻어갈까 해서요."

"먹을 것을 얻어갈까, 그래서 그런다?"

심정이가 고개를 끄덕였다.

"예. 배가 고파서요."

심정이를 이리저리 자세히 살펴보던 백제의 순라꾼이 말했다.

"어, 그러고보니 너 이 근처에 사는 녀석이 아닌 모양인데, 아니 이거 입고 있는 옷도 우리가 입는 옷이 아니로구먼 그래?"

심정이가 얼른 대답했다.

"아 예, 이 옷은요, 출가 수행자가 입는 승복입니다요."

순라꾼이 고개를 갸우뚱했다.

"이건 또 무슨 소리야? 출가 수행자는 뭐고, 승복은 또 뭐란 말이냐? 너 대체 어디서 왔느냐?"

심정이가 우물거리며 대답했다.

"아 예 저는요, 산속에 있는 절간에서 불도를 닦는 승려이온

데요."

"허허 이 녀석 이거 점점 모를 소리만 하고 있네. 산속에 있는 절간은 또 무슨 소리며, 불도를 닦는다는 소리는 또 무슨 소리야?"

심정이가 답답하다는 듯 말했다.

"아이구 이거 참, 산속에서 부처님 믿고 공부하는 출가 수행자도 모르십니까요? 도 닦는 사람요, 산속에서 도 닦는 사람……"

순라꾼이 다시 물었다.

"너 이 녀석 수상한 녀석이로구나. 너 대체 어디서 왔느냐?"

"산에서 왔다니까요."

"산이라면 이 녀석아 대체 어느 산에서 왔는지 산 이름을 대보란 말이다. 동쪽에 있는 산이냐, 서쪽에 있는 산이냐?"

심정이가 당황해서 대답했다.

"그, 그건 저 대보산에서 왔습니다요."

순라꾼이 고개를 갸우뚱했다.

"대보산이라면 생전 보지도 듣지도 못한 산인데, 대체 어디에 있는 산이냐? 응?"

심정이는 아무 곳이나 손가락으로 가리키며 말했다.

"…… 저기 저, 저쪽이요……"

순라꾼이 목소리를 높였다.

"이 녀석이 이거, 우리 백제 땅에는 대보산이라는 산은 없다. 바른대로 말해라, 어디서 왔느냐?"

심정이는 거의 울상이 되었다.

"정말입니다요, 대보산에 있는 영탑사에서 왔습니다요."

순라꾼이 심정이를 붙들고 가며 말했다.

"이 녀석 이거 안되겠다. 뜨거운 맛을 보여줄 것이니 어서 따라 와!"

이렇게 해서 나이 어린 심정이가 먹을 것을 얻으러 마을에 내려갔다가 돌아오질 아니하니, 보덕스님과 명덕은 애가 닳아서 기다리다 기다리다 심정이를 찾으려고 마을로 내려왔다.

그러나 심정이를 찾으려던 보덕스님과 명덕이까지 순라꾼에게 잡히는 신세가 되고 말았다.

순라꾼이 탁상을 치면서 보덕스님에게 소리쳤다.

"이것 보시오 노인장, 바른대로 말하시오. 대체 노인장은 무엇을 하는 사람이오?"

"이것 보시오. 나는 출가 수행하는 승려란 말씀이오. 산속 절간에서 불도를 닦는 승려란 말이오."

순라꾼이 답답하다는 듯 말했다.

"허허 나 이거야 원, 저 어린 녀석도 절간에서 불도를 닦는

출가 수행자다, 젊은 녀석도 출가 수행자다, 이번에는 또 노인 장마저 똑같은 소리를 하고 있으니……. 이것 보시오, 거 제발 귀신 씨나락 까먹는 소리는 알아듣지를 못하겠으니 바른대로 말하시오. 노인장은 대체 어디서 오셨소? 예? 어디서 왔느냐 이런 말입니다."

잠시 눈을 감고 곰곰 생각하던 보덕스님이 나지막한 목소리로 입을 열었다.

"내 솔직히 말씀을 드리겠소이다."

순라꾼이 귀가 솔깃해서 보덕스님을 쳐다보았다.

"아 진작에 이렇게 나오셔야지. 그래 대체 노인장은 어디서 무슨 일로 오시는 길이시오?"

"조금 전에도 말씀을 드린 바와 같이 나는 산속 절에서 불도를 닦아온 출가 수행자요. 이 아이들은 다 내 제자들입니다."

순라꾼이 답답한 듯 재촉했다.

"그러니까 대체 어디서 왔느냔 말이오. 어디서?"

"고구려 땅 대보산 영탑사에서 왔소이다."

순라꾼이 약간 놀란 듯 말했다.

"고구려? 그러면 그렇지! 내가 한 눈에 척 알아봤다니까, 그래 고구려에서 우리 백제 땅에 무엇하러 숨어들어 왔소? 첩자질 하러 들어왔지? 그렇지?"

보덕스님이 조금 큰 목소리로 말했다.

"이것 보시오. 내 이미 말씀드린 바와 같이 우리는 모두가 불도를 닦는 출가 수행자들이라 세속일에는 관여치도 않거늘, 첩자라는 말은 가당치도 않소이다."

순라꾼이 몽둥이로 바닥을 쿵쿵 치며 소리질렀다.

"이거 왜 이래? 몽둥이 찜질맛을 봐야만 실토할 거야 이거, 응?"

그 때의 백제에는 아직 불교가 백성들 사이에 널리 전해지지 아니했던 시절이었다.

그러므로 부처님이 어떤 분인지, 절간이 무엇을 하는 곳인지, 출가 수행자가 무슨 말이며 승려가 무엇을 하는 사람인지를 일일이 설명을 해주어도 알아듣지를 못했다.

보덕스님은 참으로 답답했다.

그래서 보덕스님 일행은 꼼짝없이 고구려 첩자로 몰려 오랏줄에 줄줄이 묶인 채로 사흘 밤낮을 문초받은 뒤에 더 큰 고을로 끌려가서 현감 앞에 불려나가게 되었다.

다행히도 그 현감은 높은 벼슬인지라 불교를 알았던지 보덕스님 일행을 보더니 눈을 크게 뜨며 놀라는 것이었다.

"아니 고구려 첩자들을 붙잡았다고 하더니만 바로 이 사람들

을 말하는 것이냐?"

심정이 억울하다는 듯 얼른 대답했다.

"그렇사옵니다요 나으리. 소승은 고구려 대보산 영탑사에서 불도를 닦던 사미승이옵고, 나이 많으신 우리 스님은 천하가 다 아는 도인 스님이시온데, 순라꾼이 우리를 첩자라 하여 이렇게 끌고 왔사옵니다요."

"허허 이런! 그러면 첩자가 아니더란 말이더냐?"

심정이가 다시 나서며 말했다.

"우리 스님께 여쭈어 보시면 아실 일이 아니겠습니까요? 산 속 점간에서 불도를 닦는 수행자를 첩자라 하시니 이는 천부당 만부당한 일이옵니다요."

현감이 심정에게 호통을 쳤다.

"그만 조용히 못하겠느냐? 나이도 어린 녀석이 당돌하기 짝이 없구나! 나도 이미 사비성에서 불도를 닦는 절간도 보았으려니와 거기서 도를 닦는 승려도 만나본 일이 있었으니, 첩자인지 승려인지는 몇 가지 문초를 하면 구별할 수 있을 것이다!"

심정이가 얼른 대답했다.

"좋습니다요 나으리, 어서 우리 스님께 여쭈어 보십시오."

보덕스님이 나서며 말했다.

"허허 이 녀석…… 아직 나이 어린 사미승이라 버릇없이 군 것을 용서하십시오."

현감이 보덕스님을 쳐다보며 말했다.

"허면 내가 몇 가지 물어볼 것인즉 바른대로 말하시오!"

보덕스님이 고개를 끄덕였다.

"이 늙은 중, 세속 일에는 비록 어두우나 평생을 불도만 닦아온 몸, 감히 무엇을 바라고 거짓을 말하겠소이까, 사실대로 말씀드릴 것이오니 물어보십시오."

"그러면 대체 무엇 때문에 고구려 승려가 고구려 땅을 등지고 우리 백제 땅에 들어왔소이까?"

보덕스님이 무겁게 입을 열었다.

"말씀드리기 부끄럽사오나, 지금 고구려 조정에서는 당나라의 도교를 받아들여 삿된 교를 신봉하고, 불교나 유교는 천대를 하고 있을 뿐 아니라 근자에는 우리 불교 사찰을 빼앗아 중국 당나라 도사들에게 넘겨주는 등 견딜 수가 없게 되었기에 부처님의 정법을 널리 펼 곳을 찾아 백제 땅 완산주 고대산으로 가는 길이옵니다."

보덕스님이 완산주 고대산으로 가는 길이라고 하자, 현감이 눈을 크게 뜨며 물었다.

"아니, 고구려 사람이 어찌해서 백제 땅 완산주 고대산을 알

고 있더란 말이시오?"

심정이가 나서며 말했다.

"우리 스님은요, 천안통 타심통을 다 통하신 도인 스님이시라 앉아서도 천 리를 보시고 서시면 삼천 리를 내다 보십니다요."

현감이 심정이와 보덕스님을 번갈아 쳐다보며 물었다.

"아니 그러면 저 아이의 말이 사실이란 말이십니까?"

보덕스님이 황급히 고개를 저었다.

"아, 아니올습니다요. 우리 불가에서는 천안통이니 타심통이니 그런 술수를 부리는 것을 엄히 금하고 있사옵니다."

심정이가 다시 끼어들었다.

"에이 스님께서도…… 우리 스님께서는요, 한 달 후, 아닙니다요, 한 달 후같은 것은 문제도 아니시구요, 일 년 후, 삼 년 후, 십 년 후에 일어날 일까지 훤히 다 내다보시는 도인 스님이십니다요."

보덕스님이 심정이를 흘기며 호통을 쳤다.

"허허 너 이 녀석, 어찌 이리 입을 함부로 놀리는고?"

심정이가 얼른 고개를 숙였다.

"예 스님, 잘못되었습니다."

현감이 고개를 갸우뚱했다.

"아니 이거 어느쪽 말씀을 곧이 들어야 좋을지 모르겠소이다마는, 그러면 대체 고구려 승려가 어찌해서 완산주 고대산을 알고 계신단 말이시오?"

보덕스님이 대답했다.

"예. 아시다시피 불도에 출가한 수행자는 이곳 저곳을 돌아다니면서 도를 닦고 공부를 하는 것이 본분인지라 젊었을 적에 금강산에서 모악산, 가야산에서 삼신산, 어느 산인들 가보지 않은 곳이 없습지요."

현감이 알겠다는 듯 고개를 끄덕였다.

"그, 그러면 완산주 고대산은 그때 가보셨단 말이시오?"

보덕스님이 고개를 끄덕였다.

"그렇소이다. 산세가 험하지 아니하되 정기가 서려 있고, 기암절벽은 없으되 경계가 빼어났으니 거기에 터를 잡고 부처님 정법을 펴면 세세생생 부처님의 자비가 두루 할 것이니 이 땅에 모든 복덕이 함께 할 것이오."

현감이 고개를 숙이며 말했다.

"아이고 이거 소생이 무지한 탓으로 대사님을 몰라뵙고 큰 실례를 범했소이다."

보덕스님이 고개를 흔들었다.

"아, 아니옵니다. 시절이 하도 어수선하니 다른 나라 백성이

경계를 넘어오면 첩자가 아닌가 의심을 하는 것도 당연한 일이지요."

"아이고 이거 정말 큰 실례를 범했소이다. 자, 자 그만 일어나십시오."

심정이가 현감을 쳐다보며 말했다.

"에이 참, 나으리도, 아, 이 오랏줄부터 풀어주셔야 일어나든 서든 할 것이 아닙니까요?"

현감이 보덕스님과 심정이를 쳐다보고는 웃으며 말했다.

"오, 오 참, 그렇구먼. 이것 보아라, 어서 풀어드려라."

"예."

순라꾼이 오랏줄을 풀어주자, 보덕스님이 일어서며 말했다.

"아이고 이것 참, 이렇게 은혜를 베풀어 주시니 송구스럽기 그지 없소이다."

현감이 고개를 흔들며 말했다.

"아, 아니옵니다요. 불도를 닦으시는 도인 스님을 몰라뵙고 실례를 범했으니, 무식한 소치일랑 용서하십시오."

심정이가 현감을 쳐다보며 볼멘 소리를 했다.

"그것 보다두요 나으리, 배고파 죽겠으니 밥이나 좀 먹여주십시오."

심정이를 쳐다보며 현감이 말했다.

"허허 참, 그말이 맞겠구먼. 응? 허허허. 자, 그럼 나를 따라 오십시오."

14
삼독을 끊어라

 고구려 첩자로 몰려 오랏줄에 묶인 채 하마터면 큰 곤욕을 치를 뻔 했던 보덕스님은 천만다행으로 불교를 알고 있던 현감을 만나서 융숭한 대접을 받게 되었다.
 현감이 내놓은 저녁상을 맛있게 먹고 숭늉 그릇을 상에 내려놓자 현감이 보덕스님을 쳐다보며 말했다.
 "대사님, 더 좀 드시지요. 밥은 여기 이렇게 얼마든지 더 있습니다요."
 보덕스님이 미소를 지으며 고개를 저었다.
 "아, 아니올시다. 소승 오늘 저녁에는 참으로 맛있게 잘 먹었소이다."
 현감이 심정이를 쳐다보며 말했다.
 "그, 그러면 이애야, 너나 좀 더 먹도록 해라."

심정이가 현감을 빤히 쳐다보며 말했다.
"저…… 이것 보십시오, 나으리."
"…… 왜 그러느냐?"
"나으리께서 보시다시피 소승도 이미 삭발 출가한 수행자이오니 자꾸 그렇게 이애야, 저애야, 그렇게 부르지 말아주십시오."
현감이 기가 막히다는 표정을 지었다.
"아이고 이거 원, 아니 그러면 너한테도 대사님, 대사님, 그렇게 부르란 말이더냐?"
심정이가 답답하다는 듯 말했다.
"아이고 참, 제가 언제 대사님, 대사님 그러시라고 그랬습니까요? 저도 엄연한 승려 신분이오니 스님이라고 부르셔야 온당할 것이옵니다요."
현감이 웃으면서 고개를 끄덕였다.
"허허 이거 원 참, 어리신 나이에 당차기도 하십니다요 애기스님, 허허허허……."
보덕스님이 민망한 듯 현감에게 말했다.
"아직 철없는 사미승이라 예의범절을 제대로 잘 모르니 과히 허물친 마십시오."
현감이 웃으면서 고개를 저었다.

"아, 아니옵니다요 대사님, 보아하니 이 애기스님이 영민하기가 보통이 아닌 것 같습니다요."

심정이를 칭찬하던 현감이 보덕스님을 쳐다보며 말했다.

"저…… 헌데 말씀입니다요, 대사님."

"예, 말씀하시지요."

"제가 사비성에 갔다가 새로 지어놓은 불당도 보았고, 그 불당 안에 모셔놓은 부처님도 뵙기는 뵈었습니다마는, 대체 그렇게 불당을 짓고, 부처님을 모시고 예배 공경을 하면 정말로 복을 받게 되는 것이옵니까요?"

"그야 한량없는 복덕을 받게 되옵지요."

현감이 다시 물었다.

"제가 아직 불도에 대해서 잘 몰라서 그렇습니다마는, 부처님 형상을 뵈오니, 용왕신도 아니시고, 그렇다고 산신님도 아니신 것 같던데, 그 부처님이 대체 어떻게 복덕을 주신다는 말씀이시온지요?"

"참으로 잘 보셨소이다. 우리 부처님께서는 용왕신도 아니시요, 산신님도 아니십니다. 그러면 대체 부처님은 어떤 분이시냐, 그것이 궁금하시겠지요?"

"그, 그렇사옵니다, 대사님."

보덕스님은 심정이에게로 눈을 돌리며 말했다.

"허시면, 부처님은 과연 어떤 분이신지, 내 대신 이 아이에게 한 번 들어보시지요, 이애야, 심정아."

심정이가 말도 안된다는 듯 말했다.

"아이고 스님, 제가 감히 어떻게 그런 말씀을 드리옵니까요?"

"허허 이 녀석, 그만큼 절밥을 먹었으면 밥값을 해야할 것이요, 또 오늘은 이 어르신 은혜 덕분에 첩자 누명을 벗고 저녁밥까지 잘 먹었거늘 너는 대체 이 은혜를 어찌 갚으려는고?"

"아이고, 하오나 스님 감히 제가 어떻게……"

보덕스님이 재촉했다.

"어서 말씀 올리도록 해라."

"…… 아이고 스님……"

나이 어린 제자 심정이는 당황한 나머지 얼굴이 붉어졌으나 보덕스님이 다시 엄한 분부를 내렸다.

"허허, 어서 말씀 올리라는데 무엇을 꾸물거리고 있느냐?"

심정이가 우물거리며 입을 열었다.

"아, 예 스님, 하오면 소승 감히 말씀을 올려보겠습니다요."

심정이는 침을 꼴깍 삼키고는 헛기침을 한 후 조심스럽게 입을 열었다.

"우리 부처님께서는 거금 1300여 년 전 천축국 가비라 성에서 태자의 몸으로 태어나셨습니다. 그러하온데 태자께서 세상

에 태어나신 지 칠 일만에 어머니가 세상을 떠나시고 말았으니, 우리 태자님은 이모님 품안에서 크시게 되었지요."

심정이를 쳐다보던 현감이 혀를 끌끌 찼다.

"원 저런, 그, 그래서요?"

심정이는 보덕스님을 한 번 쳐다보고는 말을 계속 했다.

"태자님께서는 왕궁에서 모자란 것 없이 자라셔서 역사, 지리, 천문등 많은 학문을 통달하시고 무예도 뛰어나 장차 왕이 될 늠름한 대장부가 되셨습니다."

현감이 궁금한 듯 말을 재촉했다.

"허, 그래서요?"

"이때 태자께서는 사문유관을 하시게 되었는데 한쪽 문에서는 늙은 노인을 보게 되셨고, 또 한쪽 문에서는 병든 사람을 보게 되셨고, 또 한쪽 문에서는 사람이 죽은 것을 보시게 되셨는데, 이때 태자님께서는 깊이 생각에 잠기게 되셨으니, 사람은 어찌하여 늙고 병들고 죽어가는 것이냐, 사람은 대체 어찌해서 늙고 병들고 죽는 고통에서 허덕여야 하느냐."

현감은 심정이의 말에 푹 빠져들었다.

"허허, 그, 그래서요?"

"어느날 태자님은 또 한쪽 문에서 수행자를 보시게 되셨으니 이때 태자님은 나도 출가하여 생노병사의 고통에서 벗어나는 길을 찾아야겠다고 결심하시고, 사랑하는 처자식과 왕궁의 부귀영화를 버리신 채 숲속으로 들어가 6년을 고행하셨으니, 설산고행 6년만에 도를 깨우치시고 이 세상 모든 중생들을 제도하시고자, 근심 걱정 고통의 바다에서 허덕이는 중생들에게 진리의 말씀, 자비의 말씀을 설하고 다니시기 장장 45년 세월이었으니……."

현감이 놀라며 말했다.

"허허 45년이나요?"

"부처님의 말씀을 배우고 믿고 의지하고 실천하면 이 세상 모든 중생이 모두 다 근심 걱정 고통에서 벗어나는지라, 그래서 우리가 부처님을 모시고 경배하고 따르면 무량한 복덕을 얻게 된다 하는 것이옵니다."

현감이 감탄하며 말했다.

"허허 과연, 내가 본대로 이 애기스님은 영민하기가 그지 없소이다 그려."

나이 어린 제자 심정이가, 과연 부처님은 어떤 분이셨는가를 단숨에 간략히 말씀해 올리고 나자, 보덕스님은 매우 흡족하게 여겼다.

보덕스님은 인자한 눈빛으로 심정이를 바라보며 웃었다.

그리고는 보덕스님이 현감을 쳐다보며 물었다.

"허허허허, 그래 이 아이의 말을 듣고 나시니 이제 부처님이 어떤 분이신지 아시겠는지요?"

현감이 고개를 끄덕였다.

"예. 그러니까 부처님이라는 분은 산신님도 아니시고, 용왕신도 아니시고 우리와 똑같은 사람 가운데 태자로 태어나신 분이셨다, 그런 말씀이시지요?"

"그렇소이다."

현감이 다시 물었다.

"허면 대체 그 부처님께서는 어떤 가르침을 내리셨기에 후세 사람들까지, 디디구나 수만 리 나국 사람늘까지 그리도 경배하고 신봉하는 것이옵니까?"

보덕스님이 대답했다.

"그건 소승이 말씀드리지요. 우선 이 방문을 좀 열겠소이다."

"그, 그러시지요."

보덕스님이 방문을 열었다.

달빛이 유난히도 밝았고 멀리서는 소쩍새 우는 소리가 들려왔다.

잠시 밖을 내다보던 보덕스님이 말했다.

"달빛이 휘영청 밝은데, 달빛이나 소쩍새 소리는 고구려 땅에서나 백제 땅에서나 다름이 없구료."

현감도 바깥을 내다보며 대답했다.

"그, 그야 그렇겠습지요."

"부처님이 우리 고해 중생들을 위해서 베풀어주신 자비설법을 일일이 다 말씀드릴 수는 없는 일이지마는……."

현감이 고개를 갸우뚱했다.

"어쩐 까닭으로 다 말씀하실 수 없다고 하시는지요?"

보덕스님이 설명하기 시작했다.

"스물아홉에 출가하셔서 설흔다섯에 깨달음을 얻어 도를 이루신 뒤, 장장 45년 동안 동가식 서가숙하시면서 어떤 때는 농부에게 설법하셨고, 어느날은 왕에게 설법하셨고, 또 어떤 때는 술집 여자에게 설법하셨으니, 그 많은 가르침을 경책으로 엮어 놓은 것만 해도 수수백 권이라, 그 많은 가르침을 어찌 하룻밤, 하루낮에 다 말씀드릴 수가 있겠소이까?"

현감이 알겠다는 듯 고개를 끄덕였다.

"허, 거 듣고보니 그러시겠습니다. 45년동안 말씀하신 것을 하루 이틀에 다 전할 수야 없는 노릇입지요."

다소곳이 듣고 있던 심정이가 보덕스님을 불렀다.

"저, 스님."

"왜 그러느냐?"

"소승 비록 아는 것은 없사오나 기왕에 소승이 말씀을 올린

김에 부처님의 가르침을 한 가지만 전해올릴까 하옵니다. 허락하여 주십시오."

보덕스님이 심정이를 쳐다보았다.

"그래? 그럼 어디 한 번 말씀을 올려 보아라."

심정이가 들뜬 목소리로 또박또박 말하기 시작했다.

"예, 부처님께서 이르시기를, 이 세상 모든 중생들이 괴로운 까닭은 욕심내고, 성내고, 어리석은 세 가지 독을 끊어내지 못한 탓이라 하셨으니, 만일 사람이 누구나 고해 바다에서 벗어나고자 할진댄, 마땅히 탐, 진, 치, 삼독부터 끊으라 하셨습니다."

현감이 다시 고개를 갸우뚱했다.

"탐진치 삼독이라니, 그게 대체 무슨…… 말씀이시온지요?"

보덕스님이 설명했다.

"그것은 소승이 말씀드리지요."

심정이를 쳐다보던 현감이 보덕스님에게 눈을 돌렸다.

"그, 그래 주십시오."

"사람이 독을 먹으면 어찌 되겠소이까?"

현감이 대답했다.

"그, 그야 죽거나 고통스럽겠습지요."

"사람을 고통스럽게 하고, 사람을 죽게 하는 독이 세 가지가 있으니 그 독이 바로 욕심과 성냄과 어리석음이라, 고통받지 아니하고 죽지 아니하려거든 마땅히 세 가지 독을 버리라는 말씀입니다."

현감은 아직도 잘 모르겠다는 표정이었다.

"삼독을 버려라……?"

보덕스님이 자세히 설명하기 시작했다.

"더 많은 재산, 더 크고 높은 집, 더 많은 옷, 더 많은 음식, 더 높은 벼슬, 이런 것을 자꾸자꾸 욕심내는 것, 이게 바로 고통의 근원이니 그것을 버리라고 이르셨습니다."

"아, 예."

"저 놈은 미운 놈이다, 저 놈은 죽일 놈이다, 미워하고 원한을 품고, 화를 내면, 바로 그것이 고통의 근원이니 버리라고 하신 게지요."

현감이 고개를 끄덕였다.

"아, 예."

"사람의 한평생은 풀잎의 이슬이요, 물 위의 거품이라, 천년만년 살 것 같지만 허망한 것이니 어리석음에서 벗어나야 고통이 없다는 그런 말씀이지요."

"아, 예-."

보덕스님이 말하는 도중에 다시 멀리서 소쩍새 우는 소리가

들려왔다.

"소쩍새는 한 마리가 울되 그 소리가 산천에 가득하고, 달은 중천에 하나이되 온 천하를 다 비추니, 부처님의 가르침도 그와 같아서 온 세상 중생들이 다 배우고 믿고 의지하며 따르는 것이지요."

현감이 감탄하며 말했다.

"과연 대사님은 도인이십니다. 과연 대사님은 도인이십니다."

15
영탑사의 부처님을 모셔오다

 보덕스님의 설법에 감복한 백제 현감은 보덕스님 일행에게 융숭한 대접을 베풀고 길잡이까지 한 사람을 내주어 잘 모셨으니 더 이상은 백제 땅에서 문초를 당하는 일을 겪지 아니하고 무사히 완산주 고대산에 당도하게 되었다.
 고대산은 이미 뻐꾸기 우는 소리로 가득했다.
 보덕스님이 이마의 땀을 닦으며 말했다.
 "자, 이제 다 왔느니라."
 심정이가 헉헉거리며 보덕스님에게 물었다.
 "아이고 그러면 스님, 바로 저기 보이는 저 산이 고대산이옵니까요?"
 보덕스님이 고개를 끄덕였다.
 "그래, 어떤 사람은 저 산을 고대산이라고 부르기도 하고, 또 어떤 사람은 저 산을 고달산이라고도 부르더라마는 아무튼 저 산에 터를 정하고 부처님의 정법을 펴면 이 땅에 세세생생 부처님의 정법이 흥왕하게 될 것이니라."

심정이가 궁금하다는 듯 물었다.

"하온데 스님, 저 산에 암자라도 한 채 있사옵니까요?"

보덕스님이 고개를 저으며 느긋한 목소리로 말했다.

"암자는 무슨 암자가 있겠느냐? 이제 차차 지어 올려야지."

심정이가 눈을 동그랗게 떴다.

"아이구 스님, 그럼 비가 오면 비를 맞고 살아야 하게요?"

보덕스님이 심정이에게 호통을 쳤다.

"너 이 녀석, 고대광실 높은 집에서 호의호식할 생각이면 지금이라도 당장 고향으로 돌아가거라!"

심정이가 얼른 고개를 숙였다.

"아, 아니옵니다요 스님, 잘못되었으니 용서하십시오."

보덕스님이 근엄한 목소리로 타일렀다.

"부처님께서는 나무 밑에서 주무시고 나무 밑에서 돌아가셨다. 그걸 잊었느냐?"

심정이가 대답했다.

"예 스님, 명심하겠사옵니다."

보덕스님이 백제 땅 완산주에 터를 잡고 움막을 지어 정법을 펴기 시작한 곳은 지금의 전라북도 완주군 구이면 고대산이다.

보덕스님의 고국이었던 고구려 평양성으로부터는 실로 천여 리나 멀리 떨어진 곳이었다.

보덕스님은 바로 이곳에 나뭇가지를 꺾어다가 움막을 지었다.

그리고 바로 그날부터 목탁을 치고 염불을 올리기 시작했다.

보덕스님의 불심 지극한 그 독경 소리는 산자락을 타고 들판을 지나 인근 삼십 리 밖에까지 울려퍼졌다.

하루, 이틀 한 달 두 달이 지니면서 멀리 고구려로부터 찾아온 제자들이 무려 60여 명이 넘게 되었다.

"스님, 무상이가 문안드리옵니다."

"스님, 적명이가 문안드리옵니다."

"스님, 개심이가 문안드리옵니다."

보덕스님이 환하게 웃으며 제자들을 맞았다.

"그래, 그래. 너희들이 참으로 고생이 많았느니라."

심정이가 들뜬 목소리로 말했다.

"스님, 세상에 글쎄 사대스님, 원화스님, 개심스님이 셋이서 글쎄 들것을 만들어가지고 부처님을 여기까지 모시고 오셨습니다요."

보덕스님이 놀라서 두 눈을 휘둥그렇게 떴다.

"무엇이라고? 거기서 여기가 천 리길도 넘거늘 영탑사 법당에 계시던 부처님을 여기까지 모셔왔더란 말이더냐?"

제자들이 말했다.

"차마 부처님을 그 자리에 계시게 하고 떠나올 수가 없기에, 오던 길을 되돌아 가서 기어이 모시고 왔사옵니다. 스님."

보덕스님이 눈을 반짝이며 말했다.

"어디 보자, 어디 보자. 아이고, 우리 부처님! 기이한 인연으로 이렇게 천리타국에 모시게 되었으니, 부디부디 이 땅에 부처님의 정법이 널리널리 전해져서 세세생생 불심이 이어지게 하옵시고 이 땅의 고해 중생들을 제도하여 주옵소서. 나무석가모니불, 나무석가모니불, 나무시아본사 석가모니불……."

제자들도 합송하기 시작했다.

"나무석가모니불, 나무석가모니불, 나무시아본사 석가모니불-."

보덕스님이 제자들을 둘러보며 입을 열었다.

"이것들 보아라."

"예, 스님."

"어서 어서 부처님을 안으로 모시고 정화수부터 한 그릇 올리도록 하여라."

보덕스님이 재촉하자, 제자들이 대답했다.
"예 스님, 분부대로 하겠습니다."
비록 나뭇가지를 꺾어다가 하늘만 가린 움막이었지만, 그래도 지극한 불심으로 부처님을 모시고 스승과 제자들이 함께 꿇어앉아 예불을 올리니, 백제 땅 완산주 고대산에는 부처님의 지혜광명이 빛을 발하기 시작하였다.
그러나 60여 명에 이르는 수많은 대중이 모여들었으니 그 양식이 또한 큰 걱정이었다.
심정이가 걱정스럽게 보덕스님을 쳐다보았다.
"스님, 스님."
"왜 그러느냐?"
"대체 스님께서는 이 많은 대중들을 다 어찌 하시렵니까?"
걱정스런 심정이와는 달리 보덕스님이 태연하게 물었다.
"대중들이 많아서 무엇이 걱정이란 말이더냐?"
심정이가 답답하다는 듯 가슴을 쳤다.
"아이구 참 스님께서도…… 아, 우선 발뻗고 잠잘 자리도 어림없지요."
보덕스님이 느긋하게 대답했다.
"그거야 이 녀석아, 나뭇가지 꺾어다가 하늘만 가리면 될 것이고……"

심정이가 다시 물었다.

"아니 그러면 저 많은 대중들 끼니는 대체 무엇으로 감당하신단 말씀이시옵니까요?"

보덕스님은 별 걱정을 다 한다는 듯 심정이를 쳐다보았다.

"그것도 별로 걱정할 게 없느니라."

심정이가 기가 막히다는 표정을 지었다.

"예에? 아니 걱정할 게 없으시다니요, 스님? 양식이 한 바가지도 남아 있는 게 없는데요?"

보덕스님은 아무렇지도 않은 듯 말하는 것이었다.

"저마다 바랑을 메고 가서 탁발을 해오면 될 것이니라."

심정이가 눈을 크게 뜨고 물었다.

"탁발이라니요…… 스님?"

"마을로 내려가서 양식을 얻어다 먹으면 될 일이란 말이다."

심정이가 입을 딱 벌리며 말했다.

"아이구 스님, 하, 하오시면 스님들더러 동냥을 해다가 먹고 살자 그런 말씀이시옵니까요?"

심정이가 놀라며 묻자 보덕스님은 나무라듯이 말했다.

"옛날 부처님께서도 아침마다 열 집을 찾아가서 음식을 얻어 잡수셨거늘, 출가수행자가 탁발하는 것이 무엇이 부끄럽단 말이더냐?"

심정이가 볼멘 소리로 말했다.

"그, 그래도 그렇지요, 스님."

보덕스님이 심정이를 쳐다보며 물었다.

"심정이 너는 부처님께서 어떤 까닭으로 탁발하라 이르신 줄 짐작할 수 있겠느냐?"

심정이가 고개를 설레설레 흔들었다.

"아니옵니다. 잘 모르겠사옵니다 스님."

"수행자가 탁발을 하게되면 아만심을 버리게 되느니라. 남의 집에 가서 양식이나 음식을 얻어오려면 겸손해야 할 것이요, 공손해야 할 것이니, 탁발하는 신세에 아만심이 있다면 가당키나 한 일이겠느냐?"

심정이가 수긍이 간다는 듯 고개를 끄덕였다.

"그, 그건 그렇겠사옵니다 스님. 하오면 출가 수행자로 하여금 '나는 출가 수행자다' 하는 아만심을 버리라는 뜻에서 탁발하라 이르셨단 말씀이시옵니까?"

"부처님께서는 당신도 직접 탁발을 하시고 제자들에게도 탁발하라 이르신 데에는 또 다른 까닭이 있으시니, 세상 사람들에게 양식이나 음식을 나누어 주는 자비심을 길러주자는 데도 그 뜻이 있으셨느니라."

심정이가 고개를 갸웃했다.

"…… 양식이나 음식을 나누어 주는 자비심을 길러준다고요?"

보덕스님이 고개를 끄덕였다.

"배고픈 사람을 보면 가엾이 여기는 마음, 바로 그 마음이 있어야 양식이나 음식이나 의복을 나누어 주게 되는 법이니라. 음식이나 양식이나 의복을 한 번 나누어 주고 두 번 나누어 주고, 자꾸 나누어 주다가 보면 그 사람의 마음 안에는 자기도 모르게 자비심이 자라나게 되나니, 부처님은 그래서 탁발을 시키신 게야."

심정이가 알겠다는 듯 고개를 끄덕였다.

"아 예 스님, 그러고 보니 부처님께서 이리 해라, 저리 해라 이르신 데에는 다 그만한 까닭이 있으셨습니다요."

보덕스님이 가볍게 눈을 흘기며 말했다.

"인석아, 그걸 말이라고 하느냐? 부처님께서 이른신 말씀은 그야말로 털끝만큼도 버릴 데가 없으니, 그래서 수많은 중생들이 믿고 배우고 의지하고 따르는 것이지."

말을 마친 보덕스님은 일어서며 말했다.

"자, 그럼 어서들 걸망을 메고 나를 따라 탁발을 나가자고 일러라."

심정이가 얼른 대답했다.

"예 스님, 분부대로 전하겠습니다."

보덕스님은 대중들의 양식을 마련하기 위해서 하는 수 없이 제자 몇을 데리고 마을로 내려가서 탁발을 하게 되었다.

그러나 이 당시만 해도 일반 백성들이 스님을 별로 본 일이 없었고 탁발이 어떤 일인지도 알지 못하던 때라 양식을 얻어내기가 여간 어려운 일이 아니었다.

여러 곳에서 허탕을 치고 헤매다보니 저녁 때가 다 되어가고 있었다.

심성이가 힘없이 말했다.

"스님, 해는 서산에 뉘엿뉘엿 져가는데 양식은 별로 얻지 못했으니 어찌하면 좋겠습니까요?"

보덕스님이 느긋하게 대답했다.

"걱정할 것 하나도 없다. 부처님이 살아계실 적부터 지금까지 굶어죽은 수행자는 없었느니라."

심정이가 보덕스님을 쳐다보았다.

"아이구 참 스님께서도…… 아, 누군 뭐 굶어죽고 싶어서 굶어죽었겠습니까요, 먹을 양식이 없으면 굶게 되는 거고, 굶다 보면 굶어죽게 되는 것이지요, 뭐-."

보덕스님이 심정이를 흘겨보며 말했다.

"이런 녀석, 아 인석아 정 양식이 없으면 질경이 풀이라도 뜯어다가 삶아 먹으면 될 것이요, 산에 가면 취나물, 고비나물에 더덕이며 도라지며 그리고 또 있지, 칡이라도 캐다가 먹으면 됐지 무엇이 걱정이란 말이더냐?"

고개를 끄덕이던 심정이가 생각난 것이 있는지 보덕스님을 불렀다.

"그런데 스님-."

"왜 그러느냐?"

"아까 그 마을에서 말씀입니다요, 그 마을 사람들은 우리가 도닦는 수행자인줄도 모르고 거렁뱅이로만 알고 있지 않았습니까요?"

"그야 그동안 수행자들을 겪어본 일이 없었으니 거렁뱅이로 본 것은 당연지사가 아니겠느냐?"

심정이는 걱정이 되는지 심각한 얼굴로 말했다.

"앞으로도 우리를 거렁뱅이로만 여길 터인데 탁발을 대체 어떻게 하지요, 스님?"

보덕스님이 조용히 말했다.

"그동안 우리들의 불심과 정성이 모자랐던 까닭이니 마을 사람들을 탓할 것 없다."

"불심과 정성이 모자랐다니요, 스님?"

"우리들의 독경 소리가 마을 사람들의 마음에까지 촉촉하게 전해졌더라면 저절로 자비심이 우러나왔을 터인데 우리들의 독경 소리가 마을에까지 들리지 아니했던 모양이다. 그러니 우리들의 불심과 정성이 모자랐던 게지."

심정이가 고개를 끄덕였다.

"스님 말씀을 듣고 보니 그런 것도 같네요. 그럼 내일 새벽부터는 정말 정성을 다해서 독경하겠습니다요, 스님."

보덕스님이 고개를 끄덕이며 대답했다.

"그럼, 그래야지. 암 그래야지."

16
완산주 고대산에 경복사를 세우다

아직 먼동이 트기도 전인 이른 새벽, 스님들은 지극한 불심과 정성을 모아 산허리를 돌고돌면서 독경을 올리니, 하루 이틀 사흘이 지나고 한 달 두 달이 지나니 어느새 백성들이 저절로 움막 앞에 모여들게 되었다.

이때 보덕스님은 움막에 찾아온 마을 사람들에게 포근한 자비법문을 들려주었다.

그런데 이 소문이 날로날로 파지고 퍼져서 나중에는 이 고을의 현감까지 보덕스님의 움막을 찾아오게 되었다.

보덕스님을 만난 현감이 말했다.

"아, 아니 그러니까 우리 백제 땅, 바로 이 완산주 고대산이 부처님의 정법을 퍼기에 좋은 터라 그래서 천 리길도 마다않고 여기까지 오셨더란 말씀이시오?"

보덕스님이 고개를 끄덕이며 대답했다.

"그렇소이다. 이미 들어서 잘 알고 계시겠지만, 백제 나라 임금님께서도 부처님의 정법을 믿고 의지하며 실행하면 백성이 두루 복덕을 갖추고 나라가 평안해진다 하여 지극 정성으로 부처님을 경배하고 계십니다."

"아 그거야 나도 이미 들어서 잘 알고 있소이다. 왕실에서는 이미 사비성 웅진성에 사찰을 여러 채 지어서 부처님을 봉안하였고, 아침, 저녁으로 예불을 올린다고 들었소이다. 헌데 그 불도란 과연 어떤 것이온지 자세히 좀 가르쳐주시오."

보덕스님이 환하게 웃으며 현감을 쳐다보았다.

"불도란 배우자면 한없이 깊고 끝없이 많소이다마는 한 말씀으로 해올리자면……"

"예, 어서 말씀하십시오."

"나쁜 짓은 한 가지도 하지 말고 좋은 일은 많이 하라는 것이지요."

현감은 보덕스님이 한 말을 되내이는 것이었다.

"나쁜 짓은 하지 말고, 좋은 일은 많이 해라?"

보덕스님이 고개를 끄덕였다.

"그렇소이다."

현감이 별 것 아니라는 듯 말했다.

"그거야 원 세 살 먹은 어린 아이도 다 아는 일 아니겠소이까?"

"옳으신 말씀입니다. 좋은 일 많이 하고, 나쁜 일을 하지 말라는 것은 세 살 먹은 아이도 다 아는 일이지요. 허나, 허나 말씀입니다. 세 살 먹은 아이도 다 아는 일을 여든 먹은 노인조차도 그대로 실행하기는 어렵습니다. 그래서 부처님께서는 그것을 반드시 실행하라 그렇게 가르치셨어요."

현감이 맞다는 듯 고개를 끄덕이며 말했다.

"허, 거 듣고보니 과연 옳으신 말씀이시오."

보덕스님이 다시 입을 열었다.

"살인하는 게 나쁜 일인지 다들 압니다. 도둑질 하는 게 나쁜 짓인 줄 다 압지요. 부모에게 불효하는 게 악한 짓인 줄 다 알고 있지요. 다 알면서도 실행하지 아니하면 아무 소용이 없는 법입니다. 그래서 부처님께서는 아는 데 그치지 말고 실행하라고 이르신 것입니다."

현감이 다시 고개를 끄덕였다.

"듣고보니 과연 백번천번 옳으신 말씀이시오. 헌데, 이 많은 스님들이 이 움막에서 올 겨울을 어찌 보내시려고 여기 계십니까?"

보덕스님이 대수롭지 않다는 듯 대답했다.

"비가 오면 비 오는대로, 눈이 오면 눈이 오는대로 형편따라 견디면서 수행하는 것이 출가 승려의 본분입지요."

현감이 주위를 둘러보며 말했다.

"원 그래도 그렇지요."

옆에서 조용히 듣고 있던 심정이가 조심스럽게 입을 열었다.

"저, 나으리님."

"으응? 무슨 일이신고?"

심정이는 잠시 보덕스님의 눈치를 살피더니만 현감을 똑바로 쳐다보면서 또박또박 말하는 것이었다.

"기왕에 우리 움막 걱정을 하셨으니 말씀인데요, 바로 여기에다 나으리께서 반듯한 절 한 칸만 세워주시면 무량공덕을 지으실 것입니다요."

보덕스님이 심정이를 흘기며 나무랐다.

"허허, 너 이 녀석!"

현감이 심정이와 보덕스님을 쳐다보며 말했다.

"아, 아니옵니다. 내 여기에다 반듯한 절을 세워드리겠습니다."

고구려 스님으로 백제 땅에 들어와서 보덕스님은 완산주 고대산에 기어이 부처님의 정법도량 경복사를 일으켜 세우게 되

었다.

　물론 이는 당시 백제 사람들의 지극한 불심 덕택이었다.

　움막에서 예불을 드리고, 움막에서 독경하고, 움막에서 참선하고, 움막에서 설법을 하던 보덕스님은 반듯한 법당을 세운 뒤에 구름처럼 몰려드는 젊은 제자들을 모아놓고 열반경을 강술하고 또 설법했다.

　이 때 보덕스님 문하에는 멀리 신라의 젊은 승려 원효와 의상도 찾아와 열반경을 배웠다고 전해진다.

　훗날 원효대사가 열반경 종요라는 책을 쓴 것도 보덕스님과의 인연 덕분이 아닌가, 후세 사람늘은 그렇게 생각하고 있다.

　그러던 어느 해 여름이었다.

　보덕스님은 제자들을 한 자리에 불러 모았다.

　"그대들도 짐작을 할 것이다마는 지금 세상일 돌아가는 형편이 심상치가 아니하구나."

　심정이가 말했다.

　"그렇사옵니다 스님, 백제 땅에는 지금 괴이한 소문이 퍼지고 있사옵니다. 여우들이 떼를 지어 궁중으로 들어가고 한 마리의 흰 여우는 왕의 의자에 앉았다고 하옵니다."

　다른 제자도 가만히 있지 않았다.

"저도 이상한 소문을 들었사온데요, 천자궁의 암탉이 작은 참새와 교미를 하였다 하고, 궁중에 서있는 나무가 밤새 울었다고도 하옵니다요."

잠시 가만히 있던 심정이가 다시 말했다.

"뿐만 아니오라 멀리 고구려에서도 혈우가 내렸다 하고 밤마다 귀신이 나타나 나라가 망할 것이라고 예언한다 하옵니다요."

보덕스님이 침울한 표정으로 말했다.

"나도 다 들었느니라. 고구려에서는 연개소문이 왕권을 손에 쥐고 흔들다 죽은 후 그 아들들이 서로 다투어 그 형이 달아나고 신라와 당나라와 날이 새면 싸움이요, 지금 우리가 와 있는 이 백제에서는 의자왕이 초기에 거둔 승전으로 교만에 빠져 사치와 향락에 빠져 있으니, 고구려와 백제는 장차 나라를 오래 보존하지 못할 것이다."

제자들이 서로 얼굴을 쳐다보다가 걱정스럽게 물었다.

"하오면 저희들은 어찌해야 옳단 말씀이시옵니까요, 스님?"

잠시 제자들을 둘러보던 보덕스님이 조용히 입을 열었다.

"내 그래서 너희들을 부른 것이니, 오늘 내 말을 유언으로 알고 명심하여 반드시 시행토록 해야 할 것이니라."

제자들이 일제히 대답했다.

"예, 스님."

"중천에 달 하나가 천 개의 강, 만 개의 강을 비추듯이, 부처님의 정법은 인종과 국경의 차별없이 온 세상을 두루두루 다 비출 것이니라. 그대들은 알라, 나라가 망하고 국호가 바뀌더라도 부처님의 정법은 세세생생 이어져야 할 것인즉 그대들은 마땅히 서로 흩어져서 부처님의 정법도량을 처처에 세우고 부처님의 정법을 널리널리 전파해야 할 것이다."

제자들의 얼굴에는 다른 어느때보다 굳은 결의가 보였다.

"예 스님, 명심하겠습니다."

보덕스님은 제자늘 하나하나에게 당부를 했다.

"내 그대들에게 이르노니, 무상이는 고구려 땅으로 돌아가 절을 세워야 할 것이다."

"예, 스님."

"적멸과 의융은 백제 땅 임실로 들어가 절을 세워야 할 것이며, 지수는 신라 땅 문경으로 들어가 절을 세울 것이요, 수정은 정읍 땅에, 개원은 단양에, 사대와 계육은 진안 땅에, 명덕은 남원 땅에, 그리고 심정이 너는……"

보덕스님은 심정이를 쳐다보았다.

심정이가 얼른 대답하며 보덕스님을 쳐다보았다.

"예, 스님."

"너는 나이가 가장 어리니 일승과 대원과 함께 전주 땅 무악산에 절을 세우도록 해야 할 것이다. 다들 내 말 알아들었느냐?"

제자들이 입을 모아 대답했다.

"예 스님, 분부대로 받들어 거행하겠습니다."

보덕스님이 다시 한 번 당부했다.

"그대들은 기필코 내가 말한대로 절을 세워야 할 것이요, 잠시도 부처님의 대반 열반경 독송하기를 게을리 해서는 아니될 것이니, 이것이 바로 나의 마지막 당부이니라."

보덕스님의 말이 끝나자 심정이가 울먹이는 것이었다.

"하오나 스님."

보덕스님이 인자한 눈빛으로 심정이를 쳐다보았다.

"이 늙은 중과 헤어지는 것을 슬퍼하지 말고 나라가 망하는 것을 슬퍼할 것이니, 부처님의 정법을 외면하고 살생을 일삼으며 호화방탕하고 예의범절을 지키지 아니하며 탐진치 삼독을 끊지 아니하면 집안도 나라도 보존키 어려우니, 부디 부처님의 정법을 지키고 널리 전파해서 이 세상 고해 중생을 건져내야 할 것이다."

심정이가 흘러내리는 눈물을 주먹으로 닦아내며 말했다.

"하오면 스님께서는 어디로 가시려 하십니까요?"

보덕스님이 힘없이 대답했다.
"이 늙은 중의 행처를 알려고 하지 마라. 나는 고구려가 망하는 것도, 백제가 망하는 것도 보고 싶지 않느니라."
심정이가 급기야는 참고 참던 울음을 터뜨리고 말았다.
"스님, 스님, 스니임-."

다음날 새벽, 보덕스님은 제자들을 모두 뿔뿔이 다 내보낸 뒤에 걸망 하나를 짊어진 채 지팡이에 몸을 의지하여 경복사에서 홀연히 모습을 감추었다.
보덕스님이 그렇게 떠나신 뒤 스님의 소식을 들은 이가 아무도 없었다고 전해진다.